Sándor Márai

TAGEBÜCHER

Auszüge

Fotos
Briefe
Dokumentationen

*

Aus dem Ungarischen
von
Hans Skirecki

Herausgegeben
von
Siegfried Heinrichs

Oberbaum

Deutsche Erstveröffentlichung

Taschen-, Kunst- und Sachbuchverlag
Berlin . St. Petersburg

*

Oberbaum Verlag GmbH
Friedelstraße 6
D-12047 Berlin
Telefon und Fax: 030 / 624 69 21

*

Originaltitel (Tagebücher): Napló

*

Satz: Oberbaum Verlag GmbH
Umschlaggestaltung der Bücher von Sándor Márai
nach einer Idee des Herausgebers
und der „Galerie“ / Frankfurt a. M.
Umschlaglayout: U. Zartner, Werbeagentur / Berlin
Druck: „Argumentum“ / Budapest

ISBN 3-928254-94-4

Tagebücher

Tagebücher

(Auszüge)

1945-1957

Wie Lope de Vega, der – im Sterben, flüsternd – bekannte, er habe Dante „satt“, so flüstere auch ich, wenn niemand es hört: Ich habe Goethe satt.

Aber obgleich ich ihn satt habe, gibt es doch einen Satz von ihm, der mich trifft: „In jeder großen Trennung liegt ein Keim von Wahnsinn“ – und ich begreife, warum ich, jenseits aller praktischen Schwierigkeiten und Gefahren, den Augenblick als verhängnisvoll empfand, in dem ich Ungarn verließ.

Gestalten des Exils: die Pseudobescheidenen. „Wir bitten nur um ein Winkelchen“, so fangen sie an. Aber am Tag darauf beschweren sie sich, daß das Fenster des Winkels nicht nach Osten geht. Am dritten Tag verlangen sie Kühlschrank und Quarzlampe.

Dann die Pseudohilflosen, die mit zitternder Hand immer wieder Empfehlungsbriefe an den König von Schweden, den Papst, den amerikanischen Außenminister aus der Tasche ziehen und erst Ruhe geben, wenn der englische Marineminister ihnen ein Empfehlungsschreiben für die Schiffahrtsgesellschaft schickt, damit sie für ein Billett dritter Klasse eine Kabine erster Klasse bekommen.

Fast sympathischer sind mir die resoluten Draufgänger, die sich immer sofort mitten hinein stürzen und im Exil die Möglichkeit sehen, endlich einen Ausflug nach Capri zu machen, denn „dort gibt es tolle Weiber“.

In einer Bibliothek finde ich die Gedichte von Attila József. Zeitgleich mit Babits war er der bedeutendste ungarische Dichter; er war auf andere Weise „Dichter", er hatte Wort-Visionen, und dieses Anderssein, das nicht mehr vom Bewußtsein kontrolliert wurde, kommt in seinen Versen vehement zum Ausdruck. Seine Visionen, Wortbilder, Anspielungen, diese wehklagende Symbolsprache eines Verrückten und Dichters, sind ein seltenes Phänomen in der Literatur. Er steht irgendwo zwischen Hölderlin und Verlaine, Kleist und Rimbaud. Aber mit der Kraft der Verrücktheit erreichte er mit dem einen oder anderen Wort Tiefen wie niemand vor ihm.

Ein Flüchtling. Er sagt, im Rajk-Prozeß, bis zur Urteilsverkündung, behandelten die Kommunisten Rajk wie einen Vorgesetzten, der eine Rolle übernommen hat.

Im Raum neben dem Gericht standen Klubsessel und ein Tisch mit Erfrischungen und Tokajer. Hier empfing Rajk zwischen zwei Verhandlungen den Chef der Geheimpolizei, Gábor Péter, danach den Senatspräsidenten, den Staatsanwalt, den Verteidiger... Bis zuletzt verhielten sie sich wie Subalterne zum Innenminister. „Schau, Laci, meinst du nicht, du solltest noch dies oder jenes gestehen?" fragte Gábor Péter oder der Staatsanwalt. Der Senatspräsident, der einige Minuten vorher im Gerichtssaal noch vom Katheder gewettert hatte, lächelte verlegen, trat von einem Bein aufs andere, wagte nicht, sich in Rajks Gegenwart hinzusetzen... Als das Todesurteil verkündet war, kam Rajk, rot vor Erregung, wieder in den Nebenraum und begann zu futtern. Präsident, Polizeichef und Verteidiger folgten ihm. Alle strahlten. „Das war ausgezeichnet", sagte

Gábor Péter zufrieden. „Jetzt legst du Berufung ein." Rajk, das Tokajerglas in der Hand, erstarrte. „Wozu?" fragte er. „Davon war nicht die Rede!" O doch, sagten mehrere gleichzeitig, jetzt noch die Berufung, dann das Gnadengesuch, sonst glauben sie's nicht. Rajk stand auf, leichenblaß. Er begriff, daß sie ihn reingelegt hatten. „Ich werde nicht um Gnade bitten", sagte er. Gábor Péter erwiderte gelassen: „Dann tut es der Verteidiger für dich. Laut Prozeßordnung ist er dazu berechtigt." Tiefe Stille. Alle standen auf. Rajk, weiß wie die Wand, sagte: „Ich verstehe.". Sie schwiegen. Dann ging Gábor Péter zur Tür und rief die Wachen. „Führen Sie den Verurteilten ab." Zwei Tage später wurde er gehenkt.

Ich frage, ob es ein Foto oder einen Film von der Hinrichtung gibt. Er weiß es nicht. Der Senatspräsident, Jancsó, hat inzwischen Selbstmord begangen. Gábor Péter wurde eingesperrt, vielleicht haben sie noch Pläne mit ihm.

Das Vaterland ist wie eine Kathedrale. Und manchmal wie eine Kloake.

Zweistündiger Spaziergang am Fluß in heulendem Frühlingswind und durchnässenden Graupelschauern. Diese Gänge helfen sehr. Swedenborg meinte – wie Goethe –, daß die Hirntätigkeit parallel zur Atmung verläuft und nicht parallel zur Herztätigkeit.

Kierkegaards Zorn gegen die Kirchgänger, die das Christentum verraten, wenn sie glauben, sie seien schon Christen, wenn sie sonntags in der Kirche sitzen, ist einfältig. Gott findet man überall, auch in der Kirche. Der Christ, der sonntags, und sei es nur pro forma, zur Kirche geht, ist nicht weniger religiös als einer, der sich im Besitz der Wahrheit glaubt, wenn er demonstrativ nicht zur Kirche geht. Gides Ratschlag, denke nur nicht, Nathanael, du könntest Gott anderswo finden als überall, ist zutreffend, aber das „Überall“ schließt die Kirche ein.

Möglich, daß ich nicht beten kann. Vielleicht muß man auf andere Art beten, mechanisch – wie eine Gebetsmühle – oder ohne Worte. Möglich, daß ich falsch gebetet habe.

In der Nacht Gewitter. Am Morgen im Wald. Der Weg matschig, aufgeweicht. Ohne Geruch, aber wenigstens modrig... Die Landschaft in Amerika, die Wälder sind merkwürdig geruchlos. Vielleicht ätzt die salzige Seeluft alle Gerüche aus der amerikanischen Erde.

Biedermanns Auswahl aus dem, was die Zeitgenossen in Briefen und Tagebüchern über Goethe zusammengeschrieben haben. Sie vermittelt ein umfassenderes Bild als Eckermanns Aufzeichnungen – es zeigt den Hundertgesichtigen. Eckermann sah, mit viel Zuneigung und Aufmerksamkeit, immer nur einen Goethe, den olympischen Protektor. Biedermanns Auswahl ist mitunter schonungslos. Schiller sieht den Zeitgenossen in den ersten Briefen mit unbarmherziger Schärfe. Goethes Beziehung zu einer Frau stellt sich in diesen Briefen ganz anders dar, als man sie sich im allgemeinen denkt. Christiane war seine große Liebe, die einfache Frau, mit der er lange in wilder Ehe und später in einer Mesalliance lebte, die ihm einen mißratenen Sohn schenkte, die ihn nicht verstand, keine Zeile von ihm las – aber sie lebten in großer Nähe, und als sie starb, trauerte Goethe noch neunzehn Jahre um sie, aufrichtig und untröstlich; er blieb allein, über diesen Schlag kam er nie hinweg.

Sein Leben war, im Spiegel der Biedermannschen Auswahl, fast öde: fünfzig Jahre Weimar, verklatschter Provinzialismus, gelegentlich Reisen nach Jena, Marienbad, Frankfurt, in jungen Jahren die Campagne in Frankreich, dann die Italienreise und ihre glücklose Wiederholung, Ausflüge in den Harz, die Schweiz. Sonst nichts. Nie war er in Paris, nie in London, vielleicht auch nicht in Berlin. Fünfzig Jahre Weimar, die Welt „ihm zu Füßen", die stickige, muffige Kleinstadt, der Tratsch am kleinen Hof, auch finanziell nicht ganz ohne Sorgen… Und zwischendurch Spielereien: die Optik, von der er nichts verstand, da er ja keine mathematische Bildung hatte, Anatomie, Architektur, Theater, Archäologie, alles dilettantisch, auf dem Stand des damaligen Wissens… Kein Foto, kein Radio. Dann, mit über Sechzig, noch ein großer Schwung; Marianne, der „West-östliche Diwan", die „Wahlverwandtschaften" und der „Faust", zweiter Teil. Zwischen Sechzig und Achtzig schreibt er endlich darüber und so, wie er es immer gewollt hatte, er schert sich um niemanden und nichts mehr. Möglich, daß er etwas mit seiner Schwiegertochter hatte. Im Sterben, in einem klaren Augenblick, zog er mit matter Hand die Hand der am Bett knienden Ottilia an sich und nahm mit männlicher Süffisanz von ihr Abschied: „Nun, du Frauenzimmerchen, gib mir dein gutes Pfötchen." Das alles zeigt Biedermanns Briefauswahl höchst anschaulich.

Goethe war auch ein perfekter Schauspieler. Er spielte Goethe wie ein großer Schauspieler.

Biedermanns Auswahl präsentiert Augenzeugen aus Goethes letzten Jahren, von 1825. Es stimmt nicht, daß Goethe „harmonisch alterte". Er wir alt, zahnlos, ohne gefäßerweiternde Mittel, mit dem Zahnfleisch knirschend, von Karlsbader Salz vegetierend. Aber den zweiten Teil des „Faust" hat er noch geschrieben.

Wie jeder Despot wußte Caligula, daß Macht eine magische Kraft ist. Und eine Kraft nur, solange sie magisch ist. Das berichtet Suetonius.

Der Emigrant begeht einen Fehler, wenn er Persönlichkeiten und Erscheinungen des Vaterlands kritisiert – er ist herausgetreten aus dem Zauberkreis der Emotionen, er kennt nicht mehr den wahren Sinn und Wert der Wörter und Dinge in der Heimat. Aber einen Fehler begeht auch, wer von der Heimat aus die Emigranten für einen Haufen fahrender Ritter ansieht. Schließlich sind nicht alle Vaterlandsverräter, die freiwillig und unter großen Opfern die Heimat verlassen haben aus Angst, daß man sie zwingt, bei einer Schurkerei mitzumachen.

Ich bin in dem Alter, wo das sonderbare Warten erlischt, das so lange, in der Jugend, den Mannesjahren, dann mit beginnendem Altern, ein andauerndes alltägliches Lebensgefühl im Bodensatz zwischen Wachen und Träumen war. Ich „warte" auf nichts mehr. Aus meinem Leben ist die Waiting-for-Godot-Haltung restlos verschwunden. Ich wartete auf Freunde, Erfolg oder Überraschungen – und irgendwie ist auch alles gekommen, Freude, Erfolg, Überraschungen im Guten wie im Bösen. Doch im Leben gibt es einen Punkt, da „kommt" irgendwie nichts mehr. Dann erlischt das

Warten. Eine Zeitlang wartet man noch auf Gerechtigkeit... aber dann wacht man eines Morgens auf und weiß, daß es keine Gerechtigkeit gibt. Es gibt nur Tatsachen. Das gewahre ich jeden Tag, und deshalb „warte“ ich auf nichts. Ich fange an, alt zu werden.

1958-1960

Eine Seurat-Ausstellung. Irgendwo zwischen Monet und Manet durch das Manierierte der Aufschrei einer großen Malerpersönlichkeit. Sein Licht, die Gestalten wie Zaubererscheinungen im Licht, das traumartige Glühen der Farben – das alles ist sinnfällige Kunst. Aber der Pointillisms – Seurats Manier – ist in der bildenden Kunst so etwas wie in der Poesie das Sonett. Nicht der Künstler spricht, sondern die Gattung.

Huxley spricht in „Texts and Pretexts" von den englischen Dichtern, in deren Lyrik es ein „inner weather", ein inneres Wetter, gibt – und er glaubt, daß sich darin das unbeständige Inselklima niederschlägt. Auch hier in New York ist das Klima lebensnah, „inneres Wetter" gibt es in den Gedichten Whitmans: Die Sonne scheint, der Sturm heult, und zwischen den Zeilen schneit es. In ungarischer Sprache finden sich Spuren solchen lyrischen Klimas bei Vörösmarty.

Ein hartnäckig kluger Mensch ist fast so ermüdend und entmutigend wie ein hartnäckig dummer.

Trevor-Roper schreibt so was wie „Kurzmonographien" – flinke Tuschzeichnungen historischer Landschaften, vom Schicksal einer Idee in der Zeit, vom Schicksal eines Menschen im Zusammenhang mit einer Idee. Dies ist vielleicht die Gattung, der Meneken prophezeite, eines Tages werde sie den Roman, die Geschichtsschreibung, den Essay ablösen. Die Gattung hat etwas Journalistisches, Willkürliches. Aber sie ist nicht langweilig, wie auch guter, anschaulicher Journalismus immer wirkungsvoller ist als die prätentiöse, pseudoanspruchsvolle Pseudoliteratur. Er schreibt über Erasmus, darüber, daß es dem Liberalen in der Welt der Fanatiker heute ebenso ergeht wie den liberalen Anhängern des Erasmus unter den Wahnsinnigen der Reformation und Gegenreformation, den exaltierten Mönchen und wild gewordenen lutherischen Rebellen. Was er nicht sieht: daß die Kirche im 16. Jahrhundert auch von innen her bereit für die Reform war – Valdés, Ignatius von Loyola und viele andere arbeiteten für sie. Und am Hof der Renaissancepäpste bekam die Eucharistie einen neuen Sinn, als der Körper – nach dem Willen der Künstler – so wie er wirklich war, auf den Altarbildern erschien.

Begabung, was ist das?... Thomas Hobbes, der Verfasser des „Leviathan", lebte einundneunzig Jahre und immer im Zorn. Aber während er zürnte, spielte er regelmäßig Tennis, noch im Alter von fünfundsiebzig Jahren (im 17. Jahrhundert war dieser Sport nur etwas für Sonderlinge), nach dem Tennis sang er lange und laut, weil das „gut für die Lunge" war, er rauchte ständig Pfeife, und er überlebte die englische Revolution, die Hinrichtung Karls I., Cromwell, die Thronbesteigung Karls II. und alle, die lautstark forderten, den Autor des „Leviathan" auf dem Scheiterhaufen zu verbrennen. Das ist Begabung.

Gestorben ist einer der letzten großen Romanschreiber: Roger Martin du Gard begriff das Romanschreiben noch als „Schöpfung“ – wenn er ein Buch schrieb, schrieb er nicht nur den Roman, sondern er arbeitete an der Ganzheit eines Lebenswerks. Diese Art epischen Selbstbewußtseins ist mit der Zeit verkümmert. Der „Thibault“-Zyklus gehört zu den sehr bewußt komponierten Werken des Jahrhunderts. Bei Proust schlug der lyrische Wortstrom bereits große, triumphale Wellen und fegte die Komposition hinweg. Roger Martin du Gard baute den Romanzyklus noch mit der gleichen genrebedingten Sorgfalt wie Homer das Epos.

Roger Martin du Gard hat sein Tagebuch der Pariser Bibliothek vermacht. Es darf erst nach dreißig Jahren geöffnet werden.... Dreißig Jahre auf Eis gelegte Bekenntnisse überleben die Quarantäne selten. Der Gedanke ist nur in dem Augenblick wahr, wo er gedacht und ausgesprochen wird... und auch dann meistens nur einen Moment.

Proust: „Jean Santeuil“. Das skizzenhafte Jugendwerk ist faszinierend wie ein Musikstück. Auf diesen Seiten erklingen zum ersten Mal die Fugen und Stimmen des „Temps perdu“. Mit Millionen Worten sagt er nur das Notwendige, wie später, im vollständigen Werk. Aber dazu muß der Schriftsteller seine Leser kennen, muß er wissen, zu wem er spricht. Dieser Stil verlangt rückhaltlose Vertrautheit... die fehlt in Amerika. Hier sieht der Schriftsteller nicht das Gesicht seiner Leser, er redet ins Dunkle. Deshalb haben Henry James, Eliot und viele andere sich davongemacht.

Der alte Mensch souffliert sich pausenlos. Tu dies oder jenes, sag es so oder so... das ist das Altern. Der Mensch traut nicht mehr „dem anderen“, der er ist –

er hat ihn kennengelernt, mißtraut ihm, souffliert ihm. Wenn der Mensch altert, wird er sein eigener Cyrano – pausenlos souffliert er dem Blödian, der er ist.

Flüchtlinge, ein junges Ehepaar. Sie sprechen über die „Klingelangst" in der Heimat. Später geben sie verlegen zu, daß sie hier in Amerika die Dollarangst kennengelernt haben. Und schauen überrascht, als hätten sie endlich begriffen, daß es überall Angst gibt.

Thomas Mann: ein postumer Band. Verräterische Schriften. Gegen sich selbst war diese große Begabung erstaunlich unkritisch: Eitelkeit, Geltungssucht, manchmal schreiende Schwülstigkeit – in diesen Gelegenheitsschriften ist er ohne Hemmungen. Gegen die Kommunisten ist er von geradezu seniler Nachsicht. Er schreibt über Tschechow, der im abscheulichen zaristischen Rußland Tschechow sein mußte – wo er immerhin das wunderbare Tschechowsche Lebenswerk zu schaffen vermochte, wozu im Rußland des Shdanowschen sozialistischen Realismus kaum Gelegenheit gewesen wäre. Aber davon schweigt Thomas Mann. Er bedenkt auch nicht, daß seinem langen Werk ein Pasternaksches Schicksal beschieden gewesen wäre... Die Ironie, die Thomas Mann von seinem großen Vorgänger, Theodor Fontane, geerbt hat – wie viele andere Eigenheiten in Erzählweise und Komposition –, gehört in der Sowjetunion gerade wegen ihrer herablassenden Überlegenheit zu den Hauptsünden. (...) Und dennoch, bei allen Schwächen und Mängeln steckte enorme Kraft in dem mitunter zwiespältigen Thomas Mann. Teile aus „Lotte in Weimar", etliche Dialogseiten seiner umfangreichen Romane – stets von Fontane beeinflußt, aber dennoch! –, das alles ist „Weltliteratur".

Werke, die zu Lebzeiten des Künstlers ein Echo haben und dann mit ihm sterben: Mit seinem Tod scheint die Verbindung zwischen Werk und Welt zu zerbrechen. Dann die Variante, daß ein Werk, das zu Lebzeiten des Künstlers kein Echo fand, im Augenblick seines Todes zu leben beginnt; es leuchtet, alle reagieren, es wird geschätzt, ja, nicht selten überschätzt. So war es mit van Gogh. Und Bartók. Und Krúdy.

Die Komponisten haben noch keine Symphonie über das Alter geschrieben. „De senectute", das Altern mit Musik erzählen – das wäre eine große Symphonie. Das Altern enthält mehr Musik als jede andere Lebensphase.

Aldous Huxley gehört zu den Essayisten, die sich noch vertraut und sicher in der ausgezehrten Gattung bewegen. Die Lawrence-Studie ist ausgezeichnet. D. H. Lawrence sah im Sexus eine Eucharistie, ein Mysterium von Fleisch und Blut.

Und wetterte wie der heilige Franz gegen die Fachwissenschaften. Als er „Lady Chatterley" schrieb, las er angewidert die Memoiren Casanovas, voller Empörung, daß irgendwo und irgendwann ein Mensch lebte, der im Sexus keine Religion, sondern ein Abenteuer sah. In der Goya-Studie untersucht Huxley mit der Lupe die geheimnisvolle Schöpferkraft eines alternden Menschen. Goya „entwickelte sich" achtzig Jahre – wie Goethe, Tizian, Michelangelo. (Tolstoi hat sich nicht „entwickelt", als er über Sechzig war, fuhr er sich fest.) Renoir band sich gegen Ende seines Lebens den Pinsel an die arthritischen, steifen Finger, so malte er.

Die große Frage ist nicht, was das Morgen bringt. Die eigentliche Frage ist, was das Gestern bringt.

Saint-Simon. Er erzählt von dem französischen Bischof, dem die makellose Schönheit seines Gartens – des französischen Kunstgartens – so am Herzen lag, daß er beim Spazierengehen seine Fußspuren auf dem Weg ausharkte. Das lag nicht nur dem französischen Bischof am Herzen. Zum Ende hin würde jeder Schriftsteller einiges darum geben, seine Fußspuren aus dem Werk zu tilgen: Es bleibe nur der Garten, ohne Fußspuren.

Am Meer. Balzac-Reprise. Mehr Bleibendes als Vergängliches. Der bunte Karneval romantischer Gestalten, die leidenschaftliche und überzeugende Direktheit des Erzählens. 1834 röchelt, weint, wiehert der Schriftsteller noch mit seinen Helden. Unter ohrenbetäubendem Lamentieren verflucht der alte Goriot seine Töchter, seine Schwiegersöhne und die Welt – aber dieser französische Lear drischt keine Phrasen, die pathetischen Elemente ergeben sich logisch aus der Zeit, der Dekoration, den Kostümen, der Erziehung der Helden. Nach dem Rationalismus des 18. Jahrhunderts und der fast pastoralen Schöntuerei der Frühromantiker witterte der Schriftsteller Anfang des 19. Jahrhunderts in der Romantik die Möglichkeiten zu heilsamer Rebellion und Befreiung. Und das ist noch heute, nach hundertdreißig Jahren, das Empfinden der Leser. Vollendet wurde das Balzacsche Panorama von Proust und Roger Martin du Gard. Es gab hundert Jahre in der westlichen Literatur – das „bürgerliche" Jahrhundert –, da schrieb der Autor gelassen, weil er wußte, zu wem er sprach. Heute gibt es diese Sicherheit nicht mehr; das Atomzeitalter hat keinen „Leser" und auch keinen „Stil"; es gibt nur Produzenten und Konsumenten.

Ein Chateaubriand, kritische Ausgabe. Das Vorwort von Florissone und Tapié. Sie verweisen darauf, daß in Chateaubriands Werk etwas fehlt, was man bei Corneille, Racine, Molière, La Fontaine und Victor Hugo findet: Er vermochte nicht in das geistige Volumen einzudringen, „où se forme l'esprit familier des humbles". Aber was soll's, er wurde achtzig Jahre, er erlebte die „Süße" des Ancien Régime, dann die Revolution, Napoleon, Ludwig XVIII., Karl X. und Louis Philippe, und er blieb ein unverbesserlicher Aristokrat, der an die „liberale Monarchie" glaubte. Sein Aufenthalt in Amerika war kurz, die amerikanische Reiseroute nebulös, romantisch verworren. Nur im „Essai sur les Révolutions" gab er einen praktischen Rat: In großen gesellschaftlichen Erschütterungen könne der Zeitgenosse seinen menschlichen Wert nur retten, wenn er sich „vollständig legitimiert, denn das Opfer ist immer auch Angeklagter". Im Londoner Exil war er so arm, daß er in seinem erbärmlichen Quartier eines Nachmittags den Wirt um warmes Wasser bat, als wollte er Tee brühen; aber in Wirklichkeit hatte er kein Geld, weder für Tee noch für Zucker.

Max Picard. Philosoph, Jude, lebt in der Schweiz. Er hat ein Buch geschrieben, „Hitler in uns selbst". Die Nazis mochten es nicht. Auch die Juden nicht. Des weiteren: „Die Welt des Schweigens". Manchmal schwülstig; manchmal predigend; aber manchmal poetisch. Der Mensch, schreibt er, lebt zwischen dem Schweigen vor der Geburt und dem nach dem Tod. Was dazwischen ist, das ist nur Lärm. Im Lärm ist der wahre Sinn des Wortes verlorengegangen. Das Schweigen ist nicht mehr ein Urelement, aus dem sich mit der Würde des Verstands die Stimme löst, sondern Lärm, der einen

Augenblick lang aussetzt... Wie sich das Wort im Lärm aufreibt, so verschwindet das Schöpferische des Menschen in dem von der Maschine heraufbeschworenen Arbeitsprozeß – der Mensch befürchtet, es sei sein Ende, wenn die Maschine zu arbeiten aufhöre, denn im maschinellen Arbeitsprozeß sei nicht mehr das Ziel wichtig, sondern daß er nicht aufhöre. In seinem Zorn und seiner Verzweiflung erinnert er zuweilen an Kierkegaard. Aber er verweist auch auf Chateaubriand, der im „Rancé" über die „Technik" der Trappisten schreibt – über die Verinnerlichung und das Verstummen, über die Askese als die einzige „Technik", die auf den Tod vorbereitet. Auch Picard denkt an diese Möglichkeit.

„Das Leben des Rancé". Einer der schönsten Versuche Chateaubriands: keine Biographie, sondern eine Prosadichtung. Die Sterbeszene, wo der Bischof im Trappistenkloster den Sterbenden höflich mit Monsieur anspricht – sie wollen sich gleichsam in den Tod komplimentieren. „Ich entferne mich nicht, ich gehe nur voraus", sagt schließlich mit höflichem Lächeln der Sterbende.

1968-1975

Auch nach dem Ende von Hitlers Terror kam aus den deutschen Schreibtischschubladen nicht jenes Manuskript zum Vorschein, das viele erwartet hatten... das Manuskript, das während des Terrors heimlich geschrieben und im Asyl versteckt wurde und auf den Tag wartete, da der Autor die Wahrheit sagen konnte... Die Wahrheit kam, aber Autor und Manuskript blieben irgendwo in der Schublade. Auch jetzt gibt es Gerüchte über solche Manuskripte von jenseits des Eisernen Vorhangs... Möglich, daß wieder nichts aus dem geistigen Refugium vor dem roten Terror zum Vorschein kommt – Dokumentarisches vielleicht, aber nichts von literarischem Wert. Das Komponieren braucht ein Echo, Sauerstoff... Wer den Atem anhält, kann nicht die Wahrheit schreiben.

L. träumt viel von Toten. Sie sieht sie, spricht mit ihnen. Ich erinnere mich nicht, daß ich im Traum Tote gesehen hätte. Aber neuerdings – das macht das Alter – denke ich im Wachsein oft an Bekannte, die gestorben sind. Dann habe ich das Gefühl, diese Menschen sind weggegangen, ohne mir etwas gesagt zu haben, das wichtig war, wesentlich – und was sie nicht gesagt haben, das war eigentlich ihr Selbst, dieses Geheimnis war ihre Persönlichkeit. Alles, was sie sonst gesagt haben, ist nicht wesentlich. Wenn ein Mensch stirbt, nimmt er etwas mit, das sein Geheimnis war, nur seins, und dieses Geheimnis kann man jetzt nicht mehr erfahren.

L. sagt, morgens habe sie im Bad den Wannenhahn aufgedreht, und das Wasser, das aus der Leitung floß, habe offenbar „gesprochen“, im Plätschern sei eine Stimme, ein Text zu hören gewesen, als wollte jemand mit dem Geräusch des Wassers etwas sagen... Ja, das Wasser „spricht“, sagt etwas... Aber das hören nur wenige. Manchmal ein großer Dichter. Manchmal ein heiliger Franziskus. Manchmal eine Frau.

Der Tod kommt nicht von draußen, er klingelt nicht, er schreibt vorher keinen Brief, er ruft auch nicht an: Der Tod ist in uns, ganz und gar. Eines Tages finden wir ihn wie etwas, das man in der Tasche des Wintermantels vergessen hat.

Vor hundert Jahren machten sich europäische Schriftsteller auf, Amerika zu entdecken. Tocqueville wie Dickens fuhren nicht als Touristen in die Neue Welt; sie unternahmen eine Entdeckungsreise. Chateaubriand hat viel über seine Amerikareise geflunkert, aber geforscht hat auch er: Er erforschte nicht, wie Tocqueville, die Demokratie, denn dieses Experiment interessierte ihn nicht; er wollte, wie ein Laienanthropologe, die inhärente Andersartigkeit des Amerikaners kennenlernen... Ein Schriftsteller, der heute aus Europa kommt, stellt fest, daß es in Amerika nichts mehr zu entdecken gibt: In den vergangenen hundert Jahren haben die amerikanischen Schriftsteller das Entdecken abgeschlossen und den Amerikaner kartographiert wie Urwälder und Wüsten. Der europäische Schriftsteller kann in Amerika nur noch eins machen: Er kann die

Gelegenheit nutzen und sich selbst zu entdecken versuchen. In Amerika erfährt der europäische Schriftsteller etwas über sich, den Europäer; ein bitterer Spruch drückt das so aus: „In der Emigration sackt jeder auf sein Niveau." In Amerika sackt auch die moderne europäische Literatur auf ihr Niveau.

(Wien) Und endlich, ein Kaffeehaus! Nach einem Vierteljahrhundert Vagabundenleben im Ausland endlich wieder ein Kaffeehaus! Nach den muffigen Cafeterias von New York ein Kaffeehaus! Nach den italienischen Cafés, den lärmenden und zugigen Espressos, ein richtiges Kaffeehaus; an der Wand, in Holz gespannt, Zeitungen. Nach Mitternacht Würstchen und ein Glas – ein Achtl – Wein. Stundenlang bei einer Tasse Kaffee sitzen. Noch immer, in der Welt der Espressos, in musealer Einsamkeit, das Kaffeehaus! Für jeden mitteleuropäischen Schriftsteller das wahre Zuhause, die einzige Zuflucht – das Kaffeehaus, wo, nach Alfred Polgar, Menschen hausen, deren Weltanschauung ist, daß es nicht lohnt, sich die Welt anzusehen. Die erste Nacht nach fünfunddreißig Jahren in einem Kaffeehaus an der Kärntnerstraße – wie Ulysses, endlich nach Ithaka heimgekehrt. Und nach Mitternacht Havelka, das literarische Kaffeehaus... dieser eigentümliche Literatengeruch, den der Kaffee-Ersatz, die Druckwerke und die schmutzigen, bärtigen Diogenesse mit den Trauerrändern unter den Fingernägeln verbreiten. Trotzdem, das ist das Kaffeehaus, immer noch. Nichts hat mir in den vergangenen fünfundzwanzig Jahren in der weiten Welt so gefehlt wie das Kaffeehaus.

Eine Literatur kann ebensowenig ins Exil gehen wie eine Bevölkerung, die in der Heimat bleibt und die

Folgen einer durch Gewalt und Betrug herbeigeführten Situation trägt. Schriftsteller und Dichter, die ihr Land nicht verlassen können – weil Krieg herrscht und die Grenzen geschlossen sind oder weil ihr Weggehen tragische, verhängnisvolle Konsequenzen für ihnen nahestehende und liebe Menschen haben könnte –, diese Schriftsteller der Kollaboration zu beschuldigen, ist eine Anmaßung der Emigration. Wer unter diesen Umständen bleibt, weil ihm die physische oder psychische Kraft zum Weggehen fehlt, oder wer nicht gehen kann, weil ihn familiäre oder existentielle Umstände zwingen, die Mimikry der inneren Emigration in Kauf zu nehmen, ist noch kein Kollaborateur. Vielleicht bedauert auch das „Volk" den Schriftsteller, der die beschämende Hätschelei der Despotie ertragen muß. Aber wer das wohltemperierte geistige Konzentrationslager verlassen konnte und dann nach Beendigung des Propagandaauftritts gehorsam aus dem Westen in die Despotie zurückkehrt... worauf ist der eigentlich „bescheiden"?

Im fernen, fernen Argentinien (fern, wieso?...) lebt ein Schriftsteller, Borges. Er steht im Ruf, nur Schriftsteller zu sein, nichts und niemand sonst. Ein alter Mann, halb blind, Bibliothekar in Buenos Aires. Dank eines rätselhaften Nachrichtensystems weiß die Öffentlichkeit, daß irgendwo in der Welt, hier und da, noch ein Schriftsteller lebt. Hätte Borges Gedichte geschrieben, würden noch weniger Leute seine Werke gelesen haben. Auch ich hatte bisher keine Zeile von ihm gelesen. Jetzt buchstabiere ich, in einer italienischen Ausgabe, sein Buch „Evaristo Carriego". Wie jeder gute Autor schreibt er über das Schwierige einfach, über das Komplexe wortkarg und über die Wirklichkeit wie im Traum, die stets eher das ist, was an Wirklichkeit nicht zu sehen ist. Das Außergewöhnliche erzählt er banal; auch darin unterscheidet er sich vom Pseudoschriftsteller, der mit schnaufendem Eifer das Banale außergewöhnlich serviert. Er erzählt die Lebensgeschichte eines (wohl fiktiven) verschollenen Schriftstellers aus Buenos Aires... und der Leser hat das Gefühl, endlich sei er wieder in guter Gesellschaft. Nach Borges war Evaristo Carriego der Schriftsteller der Gassen von Buenos Aires – ihn interessierte nur, was das Volk der Gassen fühlte, sagte, tat. In seiner Solidarität ging er so weit, daß er Gewissensbisse hatte, als er einmal ein Gedicht über eine Frau, als er über etwas anderes als die Armen schrieb. Er schreibt, ein „echter Argentinier“ – diese ethnische Variante des Spaniers – meine, ein „señor“ dürfe niemals Berufsrichter werden, denn ein Gentleman „urteilt nicht über Menschen, die er nicht persönlich kennt“. Das ist ein stiller Satz, wie ihn nur ein Schriftsteller niederschreiben kann – aber in der Welt leben nur noch wenige Schriftsteller. Die Spezies ist im Aussterben begriffen wie der Orang Utan. Es gibt nur noch fleißige Menschen, zu Millionen, die Bücher schreiben.

1976-1983

Die ethnischen, historischen und ökonomischen Gegensätze des europäischen Konföderationsversuches lassen sich vielleicht synchronisieren. Aber es kann auch sein, daß linguistische Fragen zum Grundproblem der europäischen Konföderation werden. Solange es keine gemeinsame europäische Sprache gibt – was der Fall ist und nicht anders sein kann (das Esperanto ist eine synthetische Sprache, die das Leben wieder ausspuckt) –, gibt es keine Vereinigten Staaten von Europa. Aber welche Sprache sollen sie haben?... Englisch ist außerkontinental, Französisch arrogant und kompliziert. Deutsch imperial, mit einem Stich ins Imperialistische. Geeignet wäre vielleicht das wundervolle Italienisch als gemeinsame Sprache des Vereinigten Europa, wie ja neben den Stammessprachen Latein die Sprache Europas war. Als es Europa noch für kurze Zeit gab.

Der eine Emigrant erschaudert, wenn er die Grenze überschreitet, und er sagt: „Entsetzlich. Ich habe eine Welt verloren." Der andere Emigrant reibt sich im selben Moment die Augen und sagt: „Merkwürdig. Ich habe eine Welt gefunden."

Emigration. Rimbaud emigrierte nach Afrika. Attila József zwischen die Schienen. Proust in die Krankheit, Nietzsche in die Irrenanstalt. Krúdy nach Alt-

Buda, wo er Schweine mästete. (Nicht viele, immer nur eins.)

Briefe

Brief von Sandor Marai an einen Mitschüler, datiert vom 2. Juni [1916]

Mon cher,
ich möchte Dir ausführlich schreiben, aber das ist noch nicht sicher, vorläufig habe ich dieses große Blatt Papier noch vor mir liegen, zwei Zeilen habe ich schon geschrieben, vielleicht begnügst Du Dich damit. – Die Hitze ist scheußlich. Einerlei, ich versuche es: Deine Zeilen kamen a tempo, glaub mir, auch ich sehne mich nach Dir, weil ich so sehr allein bin... Aber es ist vielleicht sogar besser, daß Du nicht hier bist, so kann ich Dir Dinge erzählen, die man nur niederschreiben kann, ausgesprochen wären sie Phrasen und Posen – das Schreiben gibt ihnen hoffentlich die Wärme und den Valeur, die nötig sind, damit sie als aufrichtig gelten...

Wie gesagt, die Hitze ist scheußlich. Und scheußlich ist ganz Kaschau, nie war mir diese gute, feine, dumme, staubige Stadt so zuwider wie jetzt. Und die Menschen darin...! Großer Schöpfer, die Menschen! Und man wird sie nicht los, sie kommen, biedern sich an, lachen, verdauen – manchmal verzweifle ich regelrecht. Mit der gottvoll blöden Überlegenheit gesunder Rindviecher kommen sie mir auf der Wiese oder auf dem Korso entgegen und lachen mir ins Gesicht: Na, Herr Redakteur, was wird denn mit der Zeitung; Sie werden sehen, daran scheitert man, modern kann man hier nicht arbeiten... Egal, wir machen die Zeitung, auf Biegen und Brechen. Die ersten Bögen sind schon beim Steindrucker. Gestern hat mich Kaufmann Breitner angesprochen und mir einen Vervielfältigungsapparat gezeigt, es kommen glatt dreitausend Exemplare heraus, man muß den Text mit Maschinenschrift auf entsprechendes Wachspapier schreiben, kopiert sieht sie aus wie gedruckt. Er hat mir Proben gezeigt, es ist tatsächlich eine gescheite und geschmackvolle Schrift. Preis: 80 K[ronen]. – Ich versuche, mit meinem Vater darüber zu sprechen.

Wenn Du schreiben kannst, schick mir Material. Bálint hat noch nichts geliefert. Ich werde ihm schreiben. Zum Ersten erwarte ich mehrere Sachen, Gy. Schwarcz, Deutsch, Ruttkai, Gyomlai… Kurz, es wird. – Das Buch von Csécsy habe ich gekauft und gelesen. Jünglingshaftes kleines Zeug, ohne Entschiedenheit und Charakter, viel Farbe, wenig Themen, viel Mondlicht, Zigaretten, Weiber und Separees, mit Blut vermengt. – Einen Nutzen brachte mir das Buch dennoch: Ich las es abends, im Bett, und wenn ich es weglegte und das Licht ausschaltete, wußte ich eines mit Sicherheit: so etwas könnte ich auch schreiben. Das Gefühl hatte ich, dessen war ich mir sicher, und das beruhigte mich. Das will bei mir jetzt viel heißen, Du weißt ja, seit Gy. Schwarcz erklärt hat, wie wichtig und schwierig die Novelle ist, kann ich nicht schreiben. Ich habe es nicht erst versucht. Csécsy hat mir jetzt das Selbstvertrauen zurückgegeben, ich fange wieder an, nun aber ruhig und mutig, ich werde mein zersplittertes, kränkliches und ruheloses Talent konzentrieren, an dem ich nie gezweifelt habe, von dem ich aber seit gestern weiß, daß ich es besitze. Ich habe es, weil ich es haben will.

Im übrigen arbeite ich noch an einer größeren Sache, vermutlich werde ich doch etwas an die Érdekes Újság

(„Interessante Zeitung“) schicken. Es ist mir gelungen, ein gutes Thema zu finden, ich schreibe die Tagebuchnotizen eines in den Krieg gezogenen und an der Front befindlichen Journalisten, wenig Farbe, viel Handlung, hier und da ein bißchen Philosophieren. Das Thema ist verhältnismäßig leicht und dankbar – (wie jedes Tagebuch) –, ich verdichte darin viel Novellenhaftes, von Dir habe ich den Wachtposten in seinem Dilemma gemopst, auch viel sonstiges. Ich schleppe den armen Journalisten durch alle Phasen der Alltagsschrecknisse des Krieges, welche seine im [Kaffeehaus] „Abbazia“ erzogene Seele einfach nur unter dem Zeichen von „Krieg“ und „Vaterland“ verstehen und hinnehmen kann, danach schicke ich ihn nach Budapest zurück, in ein Militärlazarett, an einem schönen Frühlingstag besprechen wir mit den am Kriegsschauplatz aufgegangenen und objektiven Augen alle konventionellen gesellschaftlichen [unleserlich – d. Ü.], wie Frauenfrage, Moral, Gewohnheit, Gewalt und Degeneration, danach kehren wir mit desillusionierter Seele ins Feld zurück, und an einem lauen Nachmittag im Mai lehrt eine dumme verirrte Kugel den armen Burschen, „die Veilchen von unten zu schnuppern“ – das ungefähr ist der Inhalt. Rund 50 Seiten habe ich schon geschrieben, es geht nur langsam voran, weil ich mir jedes Detail gründlich überlege. Wenn es fertig ist, lasse ich es abtippen, ein Exemplar werde ich Dir schicken…

Was soll ich noch schreiben?… – Gestern nachmittag veranstaltete Seine Majestät, der Gewaltherrscher Hochsommer eine Orgie in der Stadt, Mensch und Tier, alle waren krank. Wasser im Schwimmbad 26° R. Ich schloß mich in unser schattigstes Zimmer ein, ließ sämtliche Vorhänge herab und haßte diese ganze ekelhafte Welt. Dann stellte ich, aus Langeweile, die diesjährige Bilanz auf. Ich dachte aufrichtig und besonnen nach und gelangte zu einem recht betrüblichen Ergebnis. Dies war ein verlorenes und leeres Jahr, es wird in meinem Leben keine Spur hinterlassen, ein langweiliges, graues, mit Alltag und Phrasen ausgefülltes Jahr, das einzige, was ich bekam, bist Du. Dich mag ich frei vom idealen Überschwang eines Castor und Pollux, Du bist mir mehr als ein „Freund“, Du bist ein untrennbarer Teil meines Ich und ergänzt meine erbärmliche, geplagte kleine Seele, die erstickt in allgemeinem Ekel, in Ziellosigkeit, in der Ungewißheit der Zukunft, im berauschenden, ahnungsvollen Taumel unmöglichen Wollens... Ich spreche jetzt offen und sage Dir, daß ich mit meinen sechzehn Jahren ein müder, trauriger und alter Knabe bin, das fühle ich jetzt, in diesen hilflosen und empörend gerechten Minuten, und glaub mir, auf die schwankenden Gefühle gebe ich mehr als auf gediegenes und gründliches Wissen... Jetzt fühle ich ganz bestimmt, daß ich verlottern werde. Möglich allerdings, daß etwas dazwischenkommt. Ein großes Unglück oder eine große Freude, kurzum, meine Seele muß aus dem Lot geraten, sonst bin ich verloren. Vielleicht eine Frau, ein Mädchen, ein Gott, ein was weiß ich wer. Glaube mir, ich kann nichts dafür, es ist bei mir ein krankhafter Trieb, aber es ist so: Ich glaube nicht an die Seele der Frau. Ich halte die Frau für ein niederes kleines Tier, dessen einzige Aufgabe in der Natur es ist, uns zu gebären, das jedoch der jahrtausendelange Fortschritt, die Kultur und das Zusammenleben mit uns Männern verfeinert und mit der erstaunlichen Anpassungsfähigkeit der Tiere raffiniert haben, es hat sich in unser Leben gedrängt, und der degenerierte Mann des zwanzigsten Jahrhunderts hat zugelassen, daß es ihm über den Kopf wächst. Nein, ich glaube nicht an die Seele der Frau, glaube nicht daran mit barbarischem asiatischen Willen, ich halte sie für meine Dienerin und weiß, daß sie in meinem Leben nie eine Rolle spielen wird, keine Rolle, die es verändern würde. Ich hatte aufbrechende Gefühle, aber verliebt war ich noch nie. Inzwischen weiß ich, daß auch Adri nur ein Faktor meiner Sinnlichkeit war. Ich glaube nicht, daß ich mich einmal verlieben werde. Das überlasse ich Euch. Du wirst sehen, in meinen Schriften, wo ich ungewollt auch immer ein wenig von meiner Seele und mir selbst hergebe, kommt nie eine Frau vor. Ich weiß nicht, warum es so ist – aber es ist so. – Einerlei. Wenn nicht eine andere, große Sache dazwischenkommt, werde ich verlottern.

Das ist jedoch nebensächlich, Hauptsache ist jetzt diese scheußliche Hitze. – Sonntag nachmittag werden in der Realschule die Verwundeten mit Zigeunermusik gequält. – Ich gehe ins Kino. Was gespielt wird, weiß ich nicht, es sollte eine Detektivgeschichte sein, mit Revolvern, Perücke und Gift, oder eine gefühlvolle Liebesgeschichte, wo sich am Ende des dritten Aufzugs in zweifacher Vergrößerung der Mann und die Frau an den Busen sinken. – Da wird auch Komáromi auf das Bild achten und auf dem Klavier falsche Töne anschlagen. Egal.

Schreib!

Sándor

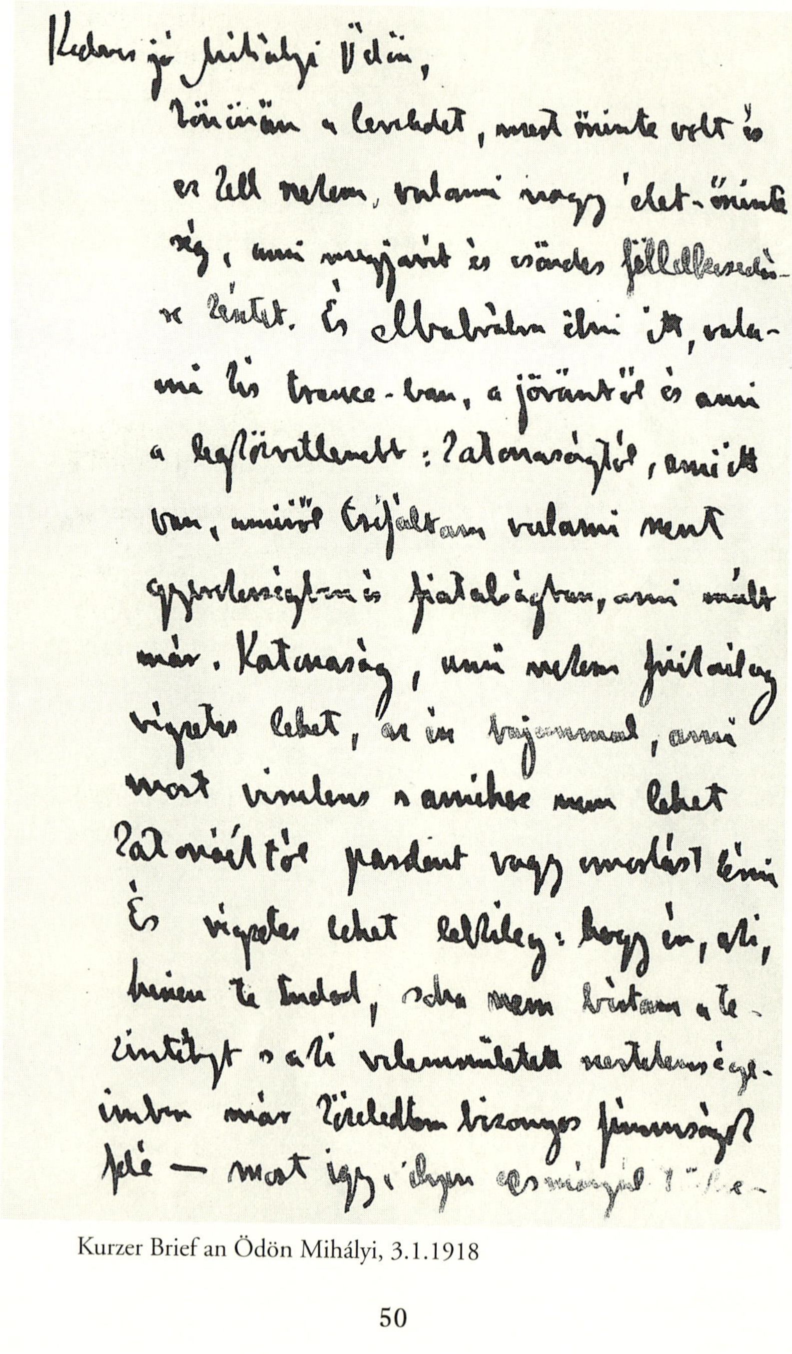

Kedves jó Mihályi Ödön,
Köszönöm a levelet, mert öröme volt is
ez kell nekem, valami nagy élet-öröm-
ség, ami megjavít és csöndes [illegible]
[illegible]. És [illegible] élni itt, vala-
mi kis trance-ban, a jövőtől és ami
a legföltétlenebb: katonaságtól, ami itt
van, [illegible] valami nemt
gyerekességben és fiatalságban, ami múlt
már. Katonaság, ami nekem [illegible]
[illegible] lehet, ez én bajommal, ami
most [illegible] s amihez nem lehet
katonáktól pardont vagy [illegible] kérni
És [illegible] lehet [illegible]: hogy én, aki,
kinek te tudod, soha nem bírtam a te-
kintélyt s a [illegible] [illegible]-
imben már [illegible] bizonyos [illegible]
felé — most így [illegible] [illegible]

Kurzer Brief an Ödön Mihályi, 3.1.1918

törjek. Érzem, nincsenek kimondott céljaim és
nincsenek már vágyaim se; olyan nagy és
végzetes vággyal, melyek többet és jobban kitöl-
tenek egy életet, mint valami cél – én, a magam
megtépázott fiatalságában, egy utálatos élet-
aszketizmus fájdalmas perspektívájában már
csak élni akarok, élni, magamnak és még néhány
embernek és nem akarok elvenni senkitől sen-
kit és semmit, csak magamat menteni. Mert
én nem tudom, hogy nekem mennyi időm
van és hogy nem-e kell nagyon sietnem ezzel
az élettel. Érzem már kopogtat a testemben
a fájdalom és a lelkemben, ah, az idegeimben
valami homály. És mit tudom én, meddig
tart ez és hogy' lesz. Érzem sietni kell,
hogy ami keveset éltem s ami kevés szép
bennem föltorlódott, azt összefoglaljam —
sietve és formátlanul, de mégis, hogy megma-

vagyok.

Én nem tudom, hogy mi lesz. Csak tudom, ha katona lennék, engem elsodor ez a nagy, piros sűrű ár. Nemzetek háborúban; békében is. Én nem tudtok elmenni Viktória Tanársnőhöz, azonban egyszeri [illegible], hogy kérem. Én kérem a Jóistent tudni elmenni sehova én nem engedjetem ki a kezem, magyar, annyi alázat. Neked ez is más volt, Te, mit tudtad mindenen, egészségesen és erősen. Nekem ez a végem.

És végre is, úgy hallom, az új anyag degenerált és gyönge és én legalább kerüni vagyok 18-án szerzünk.

Rögtön szerzés után, bárhogyan legyen az eredmény, felutazom Pestre.

Horváthék és a többi párnak: jó, ez talán még érdekel Téged, neked új, én is így voltam velük az elején. Végigjárni kell, mert nővérével és magyartanár-nővel. Ők az új jelzést annak a városnak az új otthonában.

Kérlek írjál. Remélem, jól vagy – jobban mint az immár véglegesen Márai-Grosschmiednek

János.

Kassa, 1918. I. 3.

Ansichtskarte an den Schriftsteller Jenö Heltai (1871-1957), August 1933

Fotos

Sándor Marai im Alter von vier Jahren, Kaschau 1904

Sándor Márai im Alter von sechs oder sieben Jahren, Kaschau (?)

Sándor Márai als Schüler, um 1910

Sándor Márai und Thomas Mann, Budapest, nach 1930, → 1935

Sándor Márai am Servitenplatz, Budapest, 1939

Sándor Márai in seiner Bibliothek, um 1940

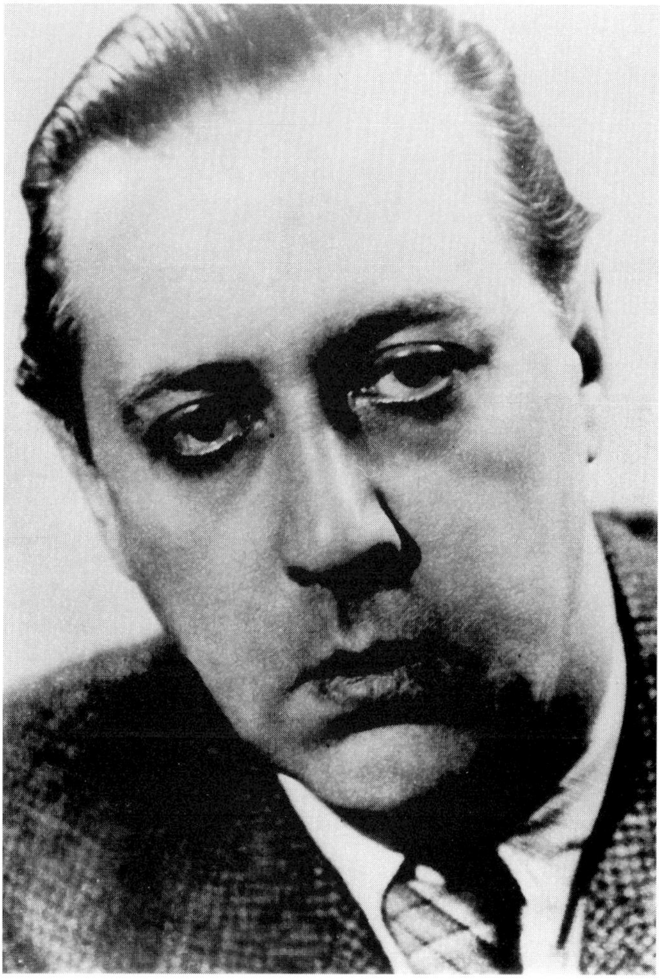

Sándor Márai, um 1940

Sándor Márai am 18. April 1941

MÁRAI SÁNDOR

Márai Sándor

KASSAI ŐRJÁRAT

(Egy készülő számadásból)

A malom

A szálloda ablakai a nagy közkertre néznek, mely a város és az állomásépület között terül el; a közkertre, mely gyerekkoromban dús volt és vadóc, mint egy délamerikai erdő, s a Hernád folyóra, amely duzzadt és nyugtalan áradással ömlik most a mélyebbszintű tájak lé. Éjfél után szobám erkélyén állok, s egy kőből, folyamból és emlékből épített tájat nézek, mely az éjszaka fényeiben varázsosan ismerős.

A folyón túl, a keskeny vashídon, mely a közkert sétaútjaihoz vezet, a duzzasztó zsilipjei mögött áll a malom. Negyven év előtt pontosan így állott itt, — villanyerővel hajtott malom, magas, többemeletes, hombárszerű épület, melynek tejüveggel berakott ablakait kékes fénnyel árasztja el a holdsütés. A malom zúg, s most emlékezem, hogy álmaimban, az elmult negyven esztendőben, sokszor hallottam ezt a zúgást. Az élet alján, az álom és a valóság alján zúgott a malom, pontosan így, ezzel a tompa és eszelősen következetes zörejjel, s őrölt valamit. Mit is őrölt? A valóságban természetesen gabonát. De a malom nemcsak mezőgazdasági üzem és ipar, nem, a malom bibliai fogalom, az ős-fogalmak egyike, mellyel az emberek eszmélete és álma telítve van. Mindig a malomról volt szó, az őskorban, a malomról, mely őrölt búzát, olajos magvakat, de őröl, Isten nevében, Kinek szerszáma, életet és sorsokat is. Minden vallásos képletben megjelenik a malom, az emberi eszmélet legmélyén őröl, pontosan ezzel a makacs zúgással; ismeretlen erő hajtja, mely valamikor Isten személyes ereje volt, s ma úgy nevezik: ipari áram. Igen, a malom. Erről is szó volt, amíg mult az élet. A gyermekkor egyik nagy díszlete ez, pontosan ez a szöglete a világnak, a Hernád áradásoktól zöld partjai, a folyó iszalagos, hínáros, békanyálas, sötétzöld vize, mely sűrű, mintha fáradt, zöld olaj áradna itt, a keskeny vashíd, mely a gyermekkori képzeletünk dél-amerikai pampái és preri tüzei felé vezet, — valamikor Széchenyi-liget volt a közkert neve, s a csehek civilizálták, virágágyakkal és jólnevelt kerti alakzatokkal tömködték meg, egészen fölöslegesen — s a háttérben a többemeletes, zord épület, ahol örökké őrölnek valamit. Estefelé mindig sejtelmesen világítottak a malom ablakai, s a zúgás, ez a tompa őrlés, az élet egyik titkos alaphangja volt — az ember érzi, hogy őrlik valahol. Isten malmai lassan őrölnek. És a pokolnak is vannak malmai, s ezek most gyorsabban őrölnek. Sokáig nem tudok elmozdulni a holdfényes erkélyről.

Mindent megőrölt a malom, a gyermekkort és az ifjúságot, — s most őrli, ami megmaradt még, életemből és Európa életéből.

*

Mindenekelőtt fel kell számolni mindenfajta hazugsággal, a *blöff*-el. Minden gyanús. Ez a hazugság százada. Lassan mindenről kiderül, hogy valamilyen ősi, eredendő füllentés van mögötte; ezt a rekordvágynak köszönhetjük, az ellenőrzés tökéletlenségének, egyfajta szépirodalmi felelőtlenségnek, amely eláradt a nyugati lélekben. Talán ott kellene kezdeni, hogy mindenekelőtt csináljunk rendet az összeomlott katedrálisban, a napnyugati ember lelkében, s rakjunk vissza mindent a helyére, a törmeléket söpörjük ki, az eltörött remeket ragasszuk meg, — vannak már kitűnő ragasztószerek s köztük az örök, a legkülönb, a hit — s a szemetet, a blöfföt, az ellenőrzés aranypróbáját elviselni nem tudó kacatot semmisítsük meg. Én hivő ember vagyok s mégis ott tartok, hogy már semmiben nem tudok hinni, amit tökéletlen értelmemmel, kezdetleges ismereteimmel, fogyatékos készültségemmel, ennen kezemmel és látó szememmel nem vizsgáltam meg s nem ellenőriztem, — a »mitogenetikus sugárzás«-ról, amellyel egy jóhiszemű orosz és egy magyar telekürtölték a világot, éppen úgy kiderült, hogy műhibából származó téves következtetés, mint ahogy a hírügynökségek jelentéseiről kiderül másnap, hogy nem süllyedt el a hadihajó, melyet tegnap már eltemetett a világ. Vissza kell kapni hitemet, de nem rajongva és hagymázas önkívületben kérem. követelem vissza, hanem józanon, gyanakodva. Hit nélkül nem tudok élni: de most már csak abban hiszek, amit kémcsőnél és villamos ellenőrzőkészülékeknél is pontosabb műszerekkel tudok megvizsgálni, lelkem egész hitével és minden kételyével. Amit a világ mutat, képben, szóban és jelképben, gyanús. A hitetlenség, mely elárad a művelt világ emberének lelkében, nem vallási hitetlenség: a vallás igazságaihoz közelebb élünk ma, mint a XIX-ik század felfedezései közepette. Nem, most éppen a felfedezésekben kezdünk kételkedni s az emberben, aki az új világképhez tartozik. Nem tűröm a hazugságot többé, keresztes-hadjáratot hirdetek ellene… Hol

Sándor Márai
Vorabdruck aus der Reisereportage „Kaschauer Patrouille“

Umschlagabbildungen

von Büchern Sándor Márais
in Übersetzung

ALEXANDER MÁRAI
Die Kerzen brennen ab
Roman
PAUL NEFF VERLAG

Alexander
MÁRAI
Musik in Florenz
ROMAN
HAUCH

Sándor Márai
Das Wunder des San Gennaro
Roman
Holle

SÁNDOR MÁRAI
Geist im Exil
Tagebücher 1945-1957
Broschek

DER WIND
KOMMT
VOM
WESTEN
Sandor Marai
Amerikanische
Reisebilder
Langen-Müller

Sándor Márai

Bekenntnisse eines Bürgers

Roman

Arnold & Geitner
Oberbaum

74

Sándor Márai
Bekenntnisse eines Bürgers 1
Roman
Oberbaum

Sándor Márai
Bekenntnisse
eines Bürgers 2
Roman
Oberbaum

Sándor Márai
Land, Land 1
Erinnerungen
Oberbaum

Sándor Márai
Land, Land 2
Erinnerungen
Oberbaum

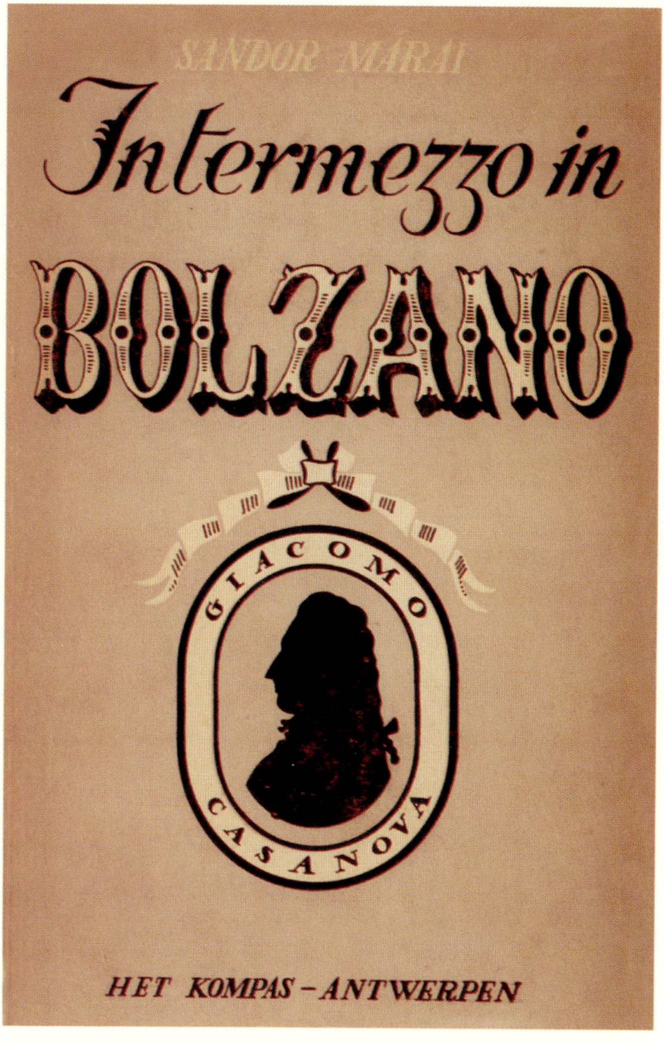
SANDOR MÁRAI
Intermezzo in
BOLZANO
GIACOMO
CASANOVA
HET KOMPAS - ANTWERPEN

SÁNDOR MÁRAI
CASANOVAN
AINOA
RAKKAUS
SUOMEN KIRJA

Sandor Marai
LOS CELOSOS

Essay

über
Sándor Márai

Ich traue nicht der Anarchie der Liebe

Ein Leben, wie nur die Weltgeschichte es beuteln konnte: Der ungarische Schriftsteller Sándor Márai und seine überfällige Wiederentdeckung

von Thomas Wirtz

Mancher Schriftsteller fand keinen Platz in der langen Reihe der Weltliteratur, weil er zwischen allen Stühlen durchgefallen war. Einige stellten sich dabei an wie eiferdumme Clowns, die ihren Sitz fürs Leben im letzten Augenblick wegstießen und auf dem Boden der Gegenwart hart landeten. Anderen aber zog der Weltgeist mit bösem Witz das Möbel unter dem Hintern weg, und unschuldig erlitten sie ihren freien Fall. Verständnislos auf die ihm widerfahrene Ungerechtigkeit schauend, hatte der ungarische Schriftsteller Sándor Márai an einem Unglück nicht genug. So wurde ihm beides zuteil: Er erlitt die Vertreibung und vertrieb sich selbst, er war ein melancholischer Clown und das zufällige Opfer einer launischen Geschichte, er verdoppelte seinen Schmerz und teilte die Schuld. Am Ende hatte er die Lebenslehre verstanden: „Ich kaufe in meinem Leben keine Immobilien mehr, denn ich habe begriffen, daß ich mobil bin." Mehr als leichtes Gepäck durfte dieser Handlungsreisende des Bürgertums sich zeitlebens nicht zugestehen. Sein Sitz im Leben war der Reisewagen.

Schon die Unübersichtlichkeit seiner Biographie zeugt von dieser Unruhe. Geboren wurde Sándor Márai vor hundert Jahren im ungarischen Kaschau als Sohn eines Juristen. Im Jahr 1919 kam er in das Deutschland der Nachkriegszeit, ließ sich an den Universitäten von Leipzig, Frankfurt und Berlin einschreiben und wurde doch nie ein „ordentlicher Student". Seine Alma Mater sollte das richtige Leben sein, das er irgendwo zwischen Leichenhalle und Bordell, zwischen Romanischem Café und dem Palais der Rothschilds anzutreffen hoffte. Durch Zufall landete er in der Redaktionsstube der „Frankfurter Zeitung", der wohl „einzigen echten Weltzeitung Deutschlands", und füllte einige Jahre lang ihr Feuilleton mit Wirklichkeitssplittern. Inzwischen verheiratet, floh er vor der toll gewordenen Inflation 1923 nach Frankreich. In Paris wechselte er wöchentlich die verlausten Absteigen im Quartier Latin und zog schließlich in die runtergekommene Eleganz der *rive droite*, wo er Seidengardinen an die Fenster seiner Wohnung nagelte und sich von einem bemitleidenswerten Auto in den finanziellen Ruin fahren ließ. Zwischendurch reiste er wochenlang nach London und Damaskus, weil es dort auch irgendein Leben geben mußte, von dem er noch nichts wußte.

Im Jahr 1928 kehrte er nach Budapest zurück und begann seine eigentliche literarische Arbeit. Die Phase der menschheitsdämmernden Lyrik war vorbei, dieser expressionistische Aufschrei der Heiserkeit. Márai hatte Else Lasker-Schüler kennengelernt, und er hatte Ringelnatz gelauscht, der betrunkene Ansprachen an die Tiere des Zoos richtete. Auch Dramen schrieb Márai in dieser wortversessenen Zeit, die auf Experimentierbühnen der deutschen Provinz scheiterten und das Publikum mit Reue über den Kartenkauf nach Hause gehen ließen. Jetzt aber brach die Zeit der Romane an, vieler Romane. Fast zwanzig von ihnen wurden bis in die fünfziger Jahre auch ins Deutsche übersetzt, kein einziger Titel hat sich ins Gedächtnis eingeschrieben. „Die Nacht vor der Scheidung", „Achtung! Bissiger Hund!", „Ein Herr aus Venedig", „Verzauberung in Ithaka": Niemand mehr kennt diese Bücher, deren Titel sich so leicht verderblich wie das billige Knistern von Konfektionsware anhören. Aus der Literatur wurden sie in katholische Leihbüchereien fortgespült. Jetzt sind die ersten wieder zurückgekommen und mit ihnen die Entdeckung eines Tagebuchschreibers von europäischem Format.

Im Jahr 1944 marschieren die Deutschen in Budapest ein. Sándor Márais Wohnung wird zerstört, sechstausend Bücher seiner Bibliothek lösen sich im Regen zu unverdaulichem Brei auf. So „nimmt eine Lebensform ein Ende", und wieder hatte sich ein Besitz in Zellulose zurückverwandelt. Er flüchtet erneut ins Ausland und zieht sich vor der kommunistischen Eroberung immer weiter nach Westen zurück. Bis 1950 lebt er in der Schweiz und findet dann für zwei Jahre in Süditalien die wärmende Solidarität der Armut. „So wie Neapel, ist auch das bürgerliche Weltbild am Fuß eines Vulkans erbaut." Bevor er endgültig ausbricht und diesen verzweifelten Bürger versteinern läßt, gibt Márai den Kontinent auf – verloren hatte er ihn schon früher: „Wenn ich diesen Erdteil einmal verlasse, dann wird mir Europa sehr fehlen. Aber ich vermisse Europa auch schon hier in Europa." Márai siedelt nach New York über und sucht dort ein letztes Mal Anschluß an Europa, indem er eine Wohnung in der Nähe von „The Cloysters" nimmt, diesem Potpourri aus Architekturen, die Rockefeller wie einen *period room* in der freien

Luft zusammentragen ließ. Dort sind die Wolkenkratzer nicht so hoch und Europa nicht so weit. Doch Márai hat den Kampf um die Tradition verloren. Er kapituliert und zieht sich für die letzten Jahrzehnte unter die geschichtslose Sonne Kaliforniens zurück. Am 15. Januar 1989 erschießt er sich mit einer Pistole in San Diego, deren Benutzung er zuvor bei einem Seminar der örtlichen Polizei vorschriftsmäßig erlernte.

Monarchie, Diktatur, Demokratie: Zwischen der Reibung dieser politischen Systeme ging sein ganzer materieller Besitz verloren. Was aber für Márai schwerer wog, war das Verschwinden einer historischen Zeit. Aufgewachsen war er unter dem eindämmernden Horizont eines Bürgertums, das die Welt mit seiner Kultur befrieden wollte. Noch war dieses Licht der Aufklärung nicht untergegangen, noch versprach die Tradition ihre Langsamkeit, in der sich Formen behutsam wandelten und das einmal Gelernte immer nützlich blieb. Die Landkarte des bürgerlichen Geistes schien bis zum Stillstand vermessen, man fand sich in ihrem Maßstab zurecht, alle Grenzen waren abgeschritten.

Sándor Márai litt unter dieser ruhigen Vergangenheit und ihrem Versprechen von persönlichem Glück, denn er war zu spät gekommen. Lediglich einen langen bürgerlichen Schatten durfte er werfen, von der tief stehenden Sonne für einen Moment vor ihrem Untergang beschienen. Je verklärter die wenigen sichtbaren Kulturreste wirkten, desto aufgeregter jagte Márai ihnen hinterher. Die „Bekenntnisse eines Bürgers“, die Autobiographie des Vierunddreißigjährigen und sein wohl bestes Buch, liefern das erschütternde Protokoll dieser Atemlosigkeit. Denn aus dem Jäger ist ein innerlich Gejagter geworden, aus den Händen hat er alles verloren und nur die Neurose zurückbehalten. Seine

Untreue gegen Frauen und das Vagabundieren zwischen anonymen Wohnungen zeugen von einer ziellosen Sensibilität, einem Suchen ohne Finderlohn. Da ist nichts mehr von der überlegenen Sehnsucht eines Don Juan, sondern nur der Jammer eines erotisch Verkaterten, der am Morgen seinen Anblick im fremden Spiegel nicht ertragen kann.

Und doch weicht er diesen Niederlagen nicht aus. Die „Bekenntnisse“ sind von einer Wahrhaftigkeit, die das Leiden bis zum Kippmoment unerträglicher Intensität vorantreibt. Erst dort, am Boden eines scheinbar zerstörten Lebens, beginnt der Aufstieg. „Alles ist verlorengegangen, alles. Die Sprache, die Heimat, der Sinn der Arbeit, die Jugend. Alles ist nur mehr verpestete, in Verwesung übergehende Erinnerung. Ich bin endlich frei!“ Noch in diesem biographischen Phönix-Modell, das die Geburt des Schriftstellers an seine bürgerliche Vernichtung bindet, bleibt Márai im Bannkreis des Verlorenen, bleibt er der bürgerliche Autor, der nur als Außenseiter dazugehören kann. Was von der Weltgeschichte davongetragen wurde, rettet er als Erinnerungsbild in die Literatur. „Ich beobachte seltsame Variationen des Heimwehs an mir selber, ich sehne mich nicht nach einem ‚Vaterland‘, sondern nach einem Wortbild.“

Man muß die „Bekenntnisse“ lesen, diese Grabstätte einer Familie und einer Idee, um zu ermessen, wie dieses literarische „Wortbild“ mit einem bürgerlichen „Weltbild“ zusammenhängt. Denn im ersten Teil schreitet Márai noch einmal die „verborgenen Landesgrenzen des versunkenen Reichs der Familie“ ab, mit einer epischen Ausführlichkeit, die trennender Grenzstein und bewahrender Grabstein zugleich ist.

Die Vorfahren seiner Eltern waren sächsischer Herkunft, im siebzehnten Jahrhundert nach Ungarn eingewandert, bald geadelt und dem gesprochenen „Zipserdeutsch" treu. Wen Márai durch Erzählung oder Besuch von ihnen noch gekannt hat, den zeichnet er in einem Porträt nach: der Musiker, der sich erschoß, weil sein Talent nur für die Militärkapelle reichte; der Jurist, der aus seiner Laufbahn ausstieg und Fleischer wurde; der Offizier, der irgendwann im Ausland verschwand und als „Lüstling des Nikotins" wiederkehrte. Sie alle sind exzessive Charaktere, Mitglieder eines prallen Panoptikums, die groß nur in ihrem Scheitern waren. Und sie alle verkörpern den Bürger als verzerrtes Abbild, sind Trümmerhaufen von Biographien, die nichts als ihren Untergang ordnungsgemäß betrieben. Márai hegt für sie große Sympathie und hat ihre vorbildliche Selbstzerstörung für das eigene Leben nicht vergessen.

Bis in die Familie hinein scheint diese historische Abenddämmerung. Derart fein ist die Gesellschaft in ihren Ständen unterschieden, daß noch die Ehepartner von ihrem Dünkel gegeneinander nicht lassen können und das soziale Pulverfaß auf den Mittagstisch stellen. Und während das Wohnzimmer bei Márais täglich gereinigt wird, die Mutter hysterisch die Bazillen zwischen ihrem Plüsch wimmeln sieht, drängt aus der Küche unglaublicher Dunst in die Wohnung. Dort kochen, schlafen und waschen sich die Dienstmädchen, dort ist das Elend nur eine Tür von der verzweifelten Sterilität getrennt. Die „Bekenntnisse" sind grandios in der Schilderung solcher Widersprüche. Sie wahren die literarische Form, weil die umgebende Welt aus den Fugen geraten ist, sie sind konservativ, weil nichts mehr zu bewahren ist. Am Tag, als der Erste Weltkrieg ausbricht, zerstört ein Sturm den Wald ihres Ausflugsorts. Nicht einmal die Natur ist zu retten.

Der Krieg selbst taucht in Márais Erinnerungen nur als Lücke auf. Er ist ein Abgrund, in den nicht hineingeschaut wird. Als der Student 1919 in Leipzig wieder auftaucht, sind er und sein Stil nicht mehr dieselben. Aus dem Archivar des Verfalls einer Familie ist ein junger Neurotiker geworden, „mit der Panik des Untergangs in den Nerven" und ohne Geld in den Taschen. Zwanzig Anzüge mit Samtkragen hat er von zu Hause mitgebracht, die er bald gegen englische Zigaretten eintauscht. Als Besitz ist ihm nur die exzentrische Geste geblieben, das absurde Detail eines Baudelaire. Er trägt alles ins Pfandhaus, bis ihm nur noch ein Knochenkruzifix, ein Negerfetisch und sein Kaktus bleiben. Mit ihnen wechselt er die Zimmer häufiger als die Wäsche und hält sich im teuren Kaffeehaus auf, weil ihm das Geld für das billige Brennholz ausgegangen ist. Er richtet sich im ungemütlichen Widerspruch ein. Wer keine Heimat mehr hat, läßt sich von dort auch nicht mehr vertreiben.

Márai gründet die Zeitschrift „Endymion", die schon nach der ersten Nummer an Auszehrung eingeht. Er schreibt für die Satirezeitschrift „Der Drache" von Hans Reimann, wie ein Ethnograph alle sächsischen Sitten und Gebräuche anstaunend und keine verstehend. Vor allem jedoch jagt er dem Leben hinterher, dessen Rockschöße immer in einem anderen Stadtviertel, von anderen Leuten zu anderer Zeit gesichtet wurden. Er ist besessen von der „Schwärmerei, mit der ich das Wunder des Seins feierte", ein rasender Liebhaber der Tatsachen, der sie trotz unermüdlicher Aufmerksamkeit stets versäumt. Mitten in der Nacht bricht er aus seinem Zimmer auf, weil irgendwo irgendwem irgendwas geschehen könnte, endlos streunt er auf den Straßen umher, schreibt alles auf kleine Zettel und stopft diese Ereignisse in seine Taschen, wo sie am Morgen zu Abfall zerfallen sind.

Seine Unrast wird journalistisch gebändigt, als er für die „Frankfurter Zeitung“ zu arbeiten beginnt. Die Redaktion sitzt in der Eschersheimer Landstraße, „in einem baufälligen alten Haus, das von der Straße gesehen wie eine Mischung aus einem Jagdschloß und einer Dampfmühle wirkte“. Von dort beobachtet sie die Welt und die Nebensätze der Mitarbeiter, deren Korrektheit auch ihre Wahrheit verbürgte. Márai schrieb alles auf, „was mir das Leben zufällig vor die Füße warf“, ein unglücklicher Lumpensammler, der mit jeder gefundenen Zeile, mit jedem Lumpenstück viele weitere versäumt hatte.

Und der Lebenswirbel beschleunigte sich. In Berlin kamen die erotischen Eskapaden hinzu, weil die Bürger sich in der Inflationspest enthemmten. Die Stadt taumelt in die Betten, ihre Anständigkeit verliert sich unter Daunen. Inmitten dieses Karnevals der entblößten Tugenden lernt Márai Lola kennen, die wie er aus Kaschau stammt. Beide heiraten, doch Vernunft gehört nicht zur ersten Haushaltsausstattung. Ihr Vermögen widmen sie einem „Schuhschrank aus Hartholz“, in dem sich ihre drei Paare ohne Platzangst verlieren. Beim nächsten Wohnungswechsel lassen sie ihn zurück. In Paris, wohin beide aus der Inflation gestolpert sind, steigert sich diese Kopflosigkeit. Márai verliert alles, je mehr er es im journalistischen Schreiben festhalten will. Sein Leben selbst scheint eine Inflationsware und vom Wertverlust angesteckt. Bevor er es restlos aus den Händen verliert, gelingt ihm der rettende Sprung. Im Jahr 1928 kehrt er nach Ungarn zurück, in den Taschen genug Leben, um davon literarisch zehren zu können.

Es beginnen Sándor Márais erfolgreichste Jahre, denn in der kleinen randständigen Heimat von Land und Sprache gelingen ihm europäische Romane: Er, der vorher hinter jeder Straßenecke das Leben suchte, findet nun am Schreibtisch sein Publikum. Zu diesen Romanen gehört „Die Glut", 1942 in Ungarn veröffentlicht, 1950 schon einmal unter dem Titel „Die Kerzen brennen ab" ins Deutsche übertragen und jetzt – das ist sicher – der Beginn einer anhaltenden Márai-Wiederentdeckung. Was an diesem einen Tag der Handlung, dem 14. August 1940, geschieht, ist ein Kammerspiel der Selbstzerstörung, ein Tag des letzten Gerichts. Einundvierzig Jahre sind vergangen, nachdem sich Konrád einer scheinbar unzertrennlichen Freundschaft durch Flucht entzog. Zurück bleibt Henrik, jetzt ein fünfundsiebzigjähriger General, der sich nach dem Tod seiner Frau Krizstina vor mehr als drei Jahrzehnten in das Schlafzimmer seines Schlosses verbannt hatte. An diesem Abend nimmt das Warten ein Ende. Nach dem jahrelangen Absterben kann nur noch der Tod kommen.

Auch wenn das Buch schmal ist, beeindruckt es mit seinem lange verzögerten Atem. Erst nach und nach kommt eine Tat ans Kerzenlicht, die niemals ihre Aufklärung gefunden hat. Damals entdeckte der General das Verhältnis zwischen Konrád und seiner Frau, und er erlebte den unendlich gedehnten Augenblick, als der Freund während einer Jagd die Waffe auf ihn richtete. Obwohl sich kein Schuß löste und Konrád an das andere Ende der Welt floh, hat dieser Augenblick für sie alle nicht aufgehört. Denn ihm fehlt das abschließende Warum, eine Antwort auf ihre gemeinsam getragene Schuld. So bleiben sie alle wie Verbrecher an die eine Tat gekettet, verlorene Freunde, die den Untergang ohne Ende gelebt haben. Ihre Aussprache an diesem Abend stellt noch einmal die alten Fragen, doch jede Antwort hat sich erübrigt. Nach so langer Zeit ist sie nicht mehr wichtig geworden.

Sándor Márai hat einen grandiosen, einen quälenden Gespensterroman geschrieben, einen Totengesang der Überlebenden, denen die Wahrheit zum Fegefeuer geworden ist. Die Glut hat ihnen das Leben zur Asche ausgebrannt. So haben sie das Mitsterben vergessen und Schuld auf sich geladen: „Wer jemanden überlebt, ist immer ein Verräter." In Márais Roman glimmt die Erzählwelt Kakaniens noch einmal auf, der Glaube an die soldatische Uniform, die Rituale der Freundschaft, die Liebe.

Noch einmal erscheint der Mensch als eine ganze Person, als Geheimnisträger eines Lebens, dem die soziologische Analyse niemals beikommen wird. Diese Person ist Márais Glaubensbekenntnis und sein Einverständnis mit der historischen Verspätung. In den Tagebüchern von 1947 schreibt er: „Der Mensch ist keine neutralisierbare Substanz, und selbst wenn man ihn auch in was immer für eine Wurstspritze hineinpreßt, bleibt seine Substanz explosiv, und eines Tages wird er dem großen System persönlich antworten. Dies ist die letzte Hoffnung." Die Leichenstarre der österreichischen Monarchie hat auch ein Joseph Roth abgetastet, doch Márai ist in seiner Trauer kälter und weniger sentimental. Die Weinerlichkeit des „Radetzkymarsch" attackiert er mit seiner geradezu metaphysischen Hartnäckigkeit: Der Sinn des Lebens, diese verlachte Clownsfigur der Moderne, erlebt bei Márai ihren ernsthaften Schlußauftritt. Ohne Häme darf sie noch einmal von Leidenschaft und den großen „alteuropäischen" Begriffen reden. Márai hat in Kauf genommen, selbst zu einem Gespenst zu werden. Als er vor den Kommunisten aus seiner ungarischen Heimat flieht, verliert er über Nacht und für Jahrzehnte auch sein Publikum. Sein Bruch mit der Gegenwart ist unumkehrbar, der Aufenthalt seines Exils nicht von dieser Zeit: „Der Emigrant, der ans ‚Nachhausegehen' denkt, ist kein wirklicher Emigrant. Man kann nach Hause gehen, aber nur wie Ulysses: um zu sterben."

Man muß Márais trotzige Trauer um das Individuum kennen, um seinen Ekel gegen die Moderne zu verstehen. Die Tagebücher sind ungerecht, weil sie am Glauben festhalten: Joyce' „Finnegans Wake" ist „geisteskrankes Gekreisch", das Werk des vormals verehrten Kafka ein „nervöses Zungeherausstrecken", abstrakte Malerei eine Komposition „farbiger Eiterflecken". Márai tritt aus der Zeit aus. Seine Nachbarschaft ist von nun an die Weltliteratur der Vormoderne. Mit ihr unterhält er sich im Tagebuch, als die Welt ihn vergessen hat.

Seit den sechziger Jahren ist Sándor Márai in der literarischen Öffentlichkeit nicht mehr gesehen worden, und auch keine deutsche Edition seiner Tagebücher hat diese Lücke schließen wollen. Als er wieder auftaucht, gehört er zu den letzten Überlebenden seiner Generation. Auszüge aus seinen letzten Tagebuchheften zwischen 1985 und 1989, die jetzt erschienen sind, geben ein erschütterndes Protokoll seines Todes. Binnen weniger Monate stirbt seine Frau Lola an Krebs, kurz darauf folgt ihr völlig überraschend der gemeinsame Sohn. Márai bleibt gerade noch genug Lebenszeit, um seine beginnende Wiederentdeckung zu ahnen. Ungarn hebt mit der politischen Wende die Verbannung seiner Bücher auf. Márai empfindet Genugtuung über seinen Wiedereintritt in die Erinnerung, doch seine Gespensterzeit ist abgelaufen: „Die Einsamkeit um mich herum ist dicht wie Winternebel, man ertastet sie. Der Todesgeruch entströmt schon den Kleidern." Eine Woche vor seinem Freitod schließt er auch das Tagebuch ab. Der Augenblick der ausbleibenden Antwort hat ein Ende gefunden: „Ich erwarte die Abberufung, ich dränge nicht, aber ich zögere auch nicht. Es ist soweit."

aus: Frankfurter Allgemeine Zeitung, 13. Januar 2000

Bibliographie

der Werke Sándor Márais
in deutscher Übersetzung

Márai, Sándor

Geboren am 11. April 1900 in Kassa, gestorben am 21. Februar 1989 in San Diego (USA). Stammte aus einer gutbürgerlichen Familie. Studium in Frankfurt am Main und Berlin. Zeitungskorrespondent in Paris. 1942 Mitglied der Ungarischen Akademie der Wissenschaften. Ging 1948 freiwillig ins Exil. Lebte in USA. Vielfach übersetzter Erzähler, Lyriker, Essayist und Dramatiker. Schrieb psychologische Gesellschaftsromane um Probleme des aussterbenden gehobenen Bürgertums. Eines seiner besten Bücher ist „Bekenntnisse eines Bürgers". Kaum ein anderer großer Schriftsteller wurde aus dem nationalen und internationalen Bewußtsein so stark verdrängt wie er. Heute erlebt er in seiner Heimat einen triumphalen Erfolg.

Sammlung, deutsch.

1 **Die große Nummer. Ilonka.** Illustrationen von Bele Bachem. Übersetzung von Tibor von Podmaniczky. – Gauting bei München: Bavaria-Verlag. S. 319-348, 8°, brosch. = Die Stimmen der Völker. Meisternovellen der Weltliteratur. Jahrgang 1/1946. Erstes Augustheft.

Sammlung, deutsch.

2 **Die französische Jacht und andere Erzählungen.** Aus dem Ungarischen übersetzt von Ludwig Górcz und Tibor von Podmaniczky. Stuttgart: Reclam 1953. 79 (+ 1) S., kl. 8°, kart.

Inhalt: Die französische Jacht – Vor der Sprechstunde. – Das Erbeben. – Das Geschenk. – Das Bad. – Der Nachlaß. – *Die vorstehenden Novellen hat Tibor von Podmaniczky übersetzt.* – Der Toreador. – Leidenschaft. – Einsamkeit. – Menschen brechen miteinander. – Mann im Regenmantel. – *Die vorstehenden Novellen hat Ludwig Górcz übersetzt.* – Nachwort. – Der ungarische Originaltitel lautet: **Medvetánc** (1947).

Idegen emberek (1930), deutsch.

3 **... Doch blieb er ein Fremder.** Roman. Aus dem Ungarischen von Mirza von Schüching. – 1.-5. Tausend. – Berlin: Holle & Co. 1935. 450 S., 8°, kart., Lw.

Schutzumschlag von Hans Schmalhausen. Einbandentwurf von Kurt Tillessen.

4 **20 Jahre, in 700 Bildern. 1910-1930.** Von Sándor Márai und László Dormádi. Mit einer Einleitung von Friedrich Sieburg. – Berlin: Transmare-Verlag 1931. 284 S., gr. 8°, kart., Lw.

Csutora (1932), deutsch.

5 **Achtung! Bissiger Hund!** Der Roman von Tschutora und den Menschen. Aus dem ungarischen Original übertragen von Mirza von Schüching. 27 Bilder im Text gezeichnet von Paul Thesing. – Darmstadt, Berlin: Vorwerk-Verlag 1940. 250 S., 8°, kart., Hlw.

Egy polár vallomásai (1934), deutsch.

6 **Bekenntnisse eines Bürgers.** Band 1 und 2. Aus dem Ungarischen von Hans Skirecki. Herausgegeben von Siegfried Heinrichs. Berlin: Oberbaum 1996. 199 S., 222 (+ 8) S., Lw.

Leicht gekürzte Fassung.

Válás Budán (1935), deutsch.

7.1 **Die Nacht vor der Scheidung.** Roman. Übertragung aus dem Ungarischen: Margit Ban. – Wien, Berlin, Stuttgart: Neff 1951. 213 S., 8°, Lw.

Umschlagentwurf von Hans Robert Pippal.

7.2 – Dasselbe: – Zürich: Neue Schweizer Bibliothek 1952. 213 S., 8°, Lw.

7.3 – Dasselbe: – München: Goldmann 1974. 154 S., 18 cm, kart. = Goldmann-Gelbe; Bd. 3316.

A féltékenyek (1937), deutsch.

8 **Die Eifersüchtigen.** Roman. Aus dem Ungarischen von Artur Saternus. – Bern: Hallwag 1947. 461 S., gr. 8°, Lw.

A szegények iskolája (1939), deutsch.

9 **Schule der Armen.** Ein Essay. Aus dem Ungarischen übertragen von Tibor von Podmaniczky. – Hamburg: Toth 1947. 165 S., 8°, Pp.
Einbandentwurf Günther T. Schulz.

Vendégjáték Bolzanóban (1940), deutsch.

10 **Ein Herr aus Venedig.** Roman. Aus dem Ungarischen übertragen von Renée von Stipsicz-Gariboldi und Georg von Kommerstädt. – Hamburg: Toth 1943. 301 S., 8°, Pp.
Einbandentwurf: Heinz Grot und Hans Kaina, Hamburg.
2. Auflage erschien unter dem Titel: Márai: Begegnung in Bolzano.

11.1 **Begegnung in Bolzano.** Aus dem Ungarischen übertragen von Renée von Stipsicz-Gariboldi. 2. Auflage. – Hamburg: Toth 1946. 249 S., 8°, Pp.
1. Auflage erschien unter dem Titel: Márai: Ein Herr aus Venedig.

11.2 – Dasselbe. – Neue Ausgabe. – Wien, Berlin: Paul Neff Verlag o. j. 252 (+ 4) S., 8°, Lw.
Umschlagentwurf von Hans Robert Pippal.

11.3 **Begegnung in Bolzano.** – Heidelberg, Marbach am Neckar: Palladium-Verlag 1952. 271 S., kl. 8°, Lw. = Bücher für alle; Jg. 2, Bd. 2.

Kaland (1940), deutsch.

12.1 Das letzte Abenteuer. Schauspiel in 3 Akten. Für die deutsche Bühne gestaltet von Jos. Paul Toth. (Unverkäufliches Bühnen-Manuskript. – Hamburg: Toth 1941. 86 S., 8°, kart.

12.2 – Dasselbe: – 1941. 117 S., 8°, kart. [Maschinenschr. autogr.]

Zsinbád hazamegy (1940), deutsch.

13 Sindbad geht heim. Roman. Berechtigte Übertragung aus dem Ungarischen von Markus Bieler. Berechtigte Übertragung der „Notiz“ aus dem Ungarischen E. Zaitai. – Vaduz: Nova-Verlag 1978. 160 S., 8°, kart.

A sirály (1941), deutsch.

14 Die Möwe. Roman. Aus dem Ungarischen von Tibor von Podmaniczky. – Hamburg: Toth 1948., 193 S., kl. 8°, Pp.

Az igazi (1941), deutsch.

15 Der Richtige. Roman. Aus dem Ungarischen von E. Burgenländer. – Wien: Scholle-Verlag 1948. 240 S., 8°, Pp.

Entwurf des Schutzumschlages und des Bucheinbandes: Rodolf Köhl, Wien-Perchtolsdorf.

16 Wandlungen der Ehe. Roman. Aus dem Ungarischen von Tibor von Podmaniczky. – Hamburg: Toth 1949. 479 S., 8°, Lw.

Buchausstattung von Herbert Hüsch.

A gyertyák csonkig égnek (1942), deutsch.

17 Die Kerzen brennen ab. Roman. Aus dem Unga-

rischen von Eugen Görcz. – Wien, Berlin: P. Neff 1950. 254 S., 8°, Lw.
Umschlag- und Einbandentwurf von Hans Robert Pippal, Wien.

Béke Ithakában (1952), deutsch.
18.1 Verzauberung in Ithaka. Roman in 3 Büchern. Übertragung aus dem Ungarischen: Tibor von Podmaniczky. – München: Desch 1952. 407 S., Lw.
Schutzumschlag-Entwurf von Erwin Spuler, Karlsruhe.

18.2 – Dasselbe: – Zürich: Europäischer Buchklub 1953. 390 S., 8°, Hldr.

18.3 – Dasselbe: – Frankfurt am Main, Wien: Forum-Verlag 1954. 286 S., 8° = Forum-Taschenbücher. N. F. 5.

San Gennaro vére (1957), deutsch.
19 Das Wunder des San Gennaro. Berechtigte Übertragung aus dem ungarischen Manuskript von Tibor und Mona von Podmaniczky. – Baden-Baden: Holle 1957. 218 S., 8°, Lw.
Schutzumschlag: Hannes Pixa.

Napló 1945-1957 (1958), deutsch.
20 Geist im Exil. Tagebücher 1945-1957. – Berechtigte Übertragung aus dem Ungarischen von Tibor und Mona von Podmaniczky. – Hamburg: Broschek 1960. 367 S., 8°, Lw.
Schutzumschlag und Einbandentwurf von Hans Hermann Hagedorn.

21 Der Wind kommt vom Westen. Amerikanische Reisebilder. Aus dem ungarischen Manuskript von

Artur Saternus. – München, Wien: Langen-Müller 1964. 173 S., 8°, Lw.
Umschlagentwurf: Uta Maltz

Ohne Originaltitel.
22.1 Musik in Florenz. Roman. Übertragung aus dem Ungarischen (Manuskript) von Artur Saternus. – Wien, Stuttgart: Wancura Verlag 1955. 247 S., 8°, Lw.

22.2 – Dasselbe: – Zürich: Schweizer Druck- und Verlagshaus o. J.

Kassai Polgárok, deutsch.
23 Die Bürger von Kaschau. Drama in 3 Akten. 6 Bilder. Für die deutsche Bühne bearbeitet von Paul Mundorf. Unverkäufliches BühnenManuskript. – Hamburg: Toth 1947. 74 S., 8°, kart. – Maschinenschr. autogr.

A nagy pillanat, deutsch.
24 Der große Augenblick. Tragikomödie. Zauberei in 3 Akten. Für die deutsche Bühne bearbeitet von Paul Mundorf. (Unverkäufliches Bühnen-Manuskript). – Hamburg: Toth 1947. 117 S., 8°, kart. – Maschinenschr. autogr.

A gyertyák csonkig égnek (1942), deutsch <Erste deutsche Übersetzung unter dem Titel „Die Kerzen brennen ab">
25 Die Glut. Roman. Aus dem Ungarischen übertragen von Christiana Viragh. – München, Zürich: Piper 1999. 224 S., 8°, Pp.

aus: Werner Schweikert, *Bibliographie der ungarischen Literatur des 20. Jahrhunderts in deutscher Sprache*

Inhalt

Oberbaum

Lieferbare Titel

Anna Achmatowa, Briefe / Aufsätze / Fotos
Briefe zweisprachig
Über 200 Fotos, davon ca. 150 dt. Erstveröffentlichung
504 Seiten 88,00 DM ISBN 3-926409-60-6

***

Anna Achmatowa, Die roten Türme des heimatlichen Sodom
Gedichte / zweisprachig und fünf Briefe Pasternaks an A. Achmatowa
248 Seiten 39,80 DM ISBN 3-926409-09-6

***

Anna Achmatowa, Eine Biographie / von Amanda Haight
Deutsche Erstveröffentlichung
364 Seiten 58,00 DM ISBN 3-926409-69-X

***

Anna Achmatowa, Poem ohne Held
zweisprachig
mit Erinnerungen von Jossif Brodskij und Georgij Adamowitsch
220 Seiten 38,00 DM ISBN 3-926409-40-1

***

Anna Achmatowa, Requiem
Gedichte / zweisprachig
104 Seiten 28,00 DM ISBN 3-926409-08-8

***

Adonis – Interviews, Fotos, Essays
Gespräche mit dem Übersetzer Michael Henselmann
Deutsche Erstveröffentlichung
100 Seiten 29,80 DM ISBN 3-928254-97-9

***

Adonis, Dichtung und Wüste
Essays / Deutsche Erstveröffentlichung
104 Seiten 32,00 DM ISBN 3-928254-32-4

***

Adonis, Gebet und Schwert
Essays / Deutsche Erstveröffentlichung
80 Seiten 29,80 DM ISBN 3-928254-33-2

***

Adonis, Kultur und Demokratie
Essays / Deutsche Erstveröffentlichung
110 Seiten 34,00 DM ISBN 3-928254-91-X

***

Adonis, Leichenfeier für New York
Gedichte / Deutsche Erstveröffentlichung
80 Seiten 29,80 DM ISBN 3-928254-36-7

***

Adonis, Revolte in der arabischen Dichtung
Essays / Deutsche Erstveröffentlichung
72 Seiten 29,80 DM ISBN 3-928254-74-X

***

Károly Bari, Vom Gellen der Geigen
oder
...und Weiber schmuggeln Fellhaare krepierter Katzen
ins Brot ihrer Feinde: sie zu verderben
Gedichte / Zigeunerlieder / zweisprachig ungarisch-deutsch
mit farbigen Zeichnungen des Autors
140 Seiten 38,00 DM ISBN 3-928254-65-0

***

Detlef Bieseke, Magdalenenstraße
Berliner Skizzen
Erstveröffentlichung
200 Seiten 36,00 DM ISBN 3-928254-86-3

***

Bernd Böhmel, Das Geheimnis des Sieges – Duell mit Schlieffen –
Prosa / Erstveröffentlichung
260 Seiten 44,00 DM ISBN 3-928254-54-5

***

Jure Brekalo, In Gesellschaft meiner Einsamkeit
Gedichte / Erstveröffentlichung
96 Seiten 29,80 DM ISBN 3-933314-07-0

***

Wolf Deinert, Meine Heimat
Roman
140 Seiten 26,00 DM ISBN 3-926409-07-X

***

Ivan Denes, Angor Pectoris
Erzählungen / Erstveröffentlichung
260 Seiten 39,80 DM ISBN 3-928254-63-4

***

Ivan Denes, Die große Judenseuche (morbus judaicus)
Prosa
180 Seiten 34,00 DM ISBN 3-933314-25-9

***

Ivan Denes, Tauben
Roman / Erstveröffentlichung
250 Seiten 36,00 DM ISBN 3-928254-24-3

***

Stephan Dettmeyer, Eduard Sachsenmeyer's Dialek-Tick
Erstveröffentlichung
150 Seiten 16,00 DM ISBN 3-933314-26-7

***

Stephan Dettmeyer, Ehrlich bis DDehrlich
Vorwendische Reimereien / Gedichte / Erstveröffentlichung
94 Seiten 24,00 DM ISBN 3-928254-42-1

***

Stephan Dettmeyer, Gezeichnet: Messias
Roman / Erstveröffentlichung
340 Seiten 44,00 DM ISBN 3-928254-48-0

***

East Side Gallery, Mauerkatalog
Format Din A4 / mit 108 farbigen Abb. / Biographien im Anhang
180 Seiten 39,80 DM ISBN 3-928254-02-2

***

Pawel Filonow und seine Schule
Katalog der Städtischen Kunsthalle Düsseldorf 1990
mit ca. 200 Abbildungen
330 Seiten 44,00 DM ISBN 3-933314-13-5

***

Michael G. Fritz, Das Haus
Roman / Erstveröffentlichung
286 Seiten 38,00 DM ISBN 3-928254-28-6

***

Uwe Grüning, Grundlose Wanderschaft
Gedichte / Erstveröffentlichung
130 Seiten 28,00 DM ISBN 3-928254-52-9

***

Gu Zhengxiang (Hrsg.), Ich lebe östlich des Ozeans
Chinesische Lyrik des 20. Jahrhunderts
Anthologie / Deutsche Erstveröffentlichung
Herausgegeben von Katrina Pangritz und Gu Zhengxiang
180 Seiten 39,80 DM ISBN 3-928254-43-X

***

Nicolai Gumiljov, Ausgewählte Gedichte
Gedichte / zweisprachig / Deutsche Erstveröffentlichung
154 Seiten 39,80 DM ISBN 3-926409-45-2

***

Regina Hastedt, Dorothea Erxleben
Roman / Erstveröffentlichung
270 Seiten 39,80 DM ISBN 3-928254-40-5

***

Siegfried Heinrichs, Die Erde braucht Zärtlichkeit
Gedichte / Erstveröffentlichung
140 Seiten 28,00 DM ISBN 3-926409-38-X

***

Siegfried Heinrichs, Kassiber
Erzählungen, Fragmente, Gedichte / Erstveröffentlichung
160 Seiten 28,00 DM ISBN 3-926409-36-3

***

Siegfried Heinrichs, Zeit ohne Gedächtnis
Gedichte / Erstveröffentlichung
140 Seiten 39,80 DM ISBN 3-926409-06-1

***

Sinaida Hippius, Verschiedener Glanz
Gedichte / Briefe an N. Berberowa und W. Chodassewitsch
Erstveröffentlichung
52 Abbildungen / schwarz-weiß / z. T. erstmalig
390 Seiten 58,00 DM ISBN 3-928254-11-1

***

Klaus Holzkamp, Echtzeit
Rocklyrik / Erstveröffentlichung
mit Zeichnungen von Hans Funk
110 Seiten 32,00 DM ISBN 3-928254-55-3

***

Hajo Jahn (Hrsg.), Zwischen Theben und Shanghai
Jüdische Exilanten in China – Chinesische Exilanten in Europa
Almanach des V. Else-Lasker-Schüler-Forums „Flucht in die Freiheit“
mit 16 Abbildungen
258 Seiten 36,00 DM ISBN 3-928254-06-5

***

Sergej Jessenin, Gegen die Seßhaftigkeit des Herzens
Gedichte (zweisprachig), Briefe, Dokumente, Fotos
150 Abbildungen / schwarz-weiß und farbig
550 Seiten 68,00 DM ISBN 3-926409-61-4

***

Anatoli Kaplan, Damals im Schtetl
Bemalte Kacheln
zweisprachig englisch-deutsch
40 farbige Abbildungen / Erstveröffentlichung
64 Seiten 48,00 DM ISBN 3-926409-96-7

***

Thanos Kießling, Galerie der Steine
Gedichte / Erstveröffentlichung
70 Seiten 26,00 DM ISBN 3-928254-60-X

***

Anatoli Kim, Moskauer gotische Erzählungen
Erzählungen / Deutsche Erstveröffentlichung
82 Seiten 28,00 DM ISBN 3-926409-87-8

***

Christoph Klimke, Alles sei Traum
Gedichte / Erstveröffentlichung
110 Seiten 29,80 DM ISBN 3-928254-08-1

***

Christoph Klimke, Federico García Lorca oder *Honig ist süßer als Blut*
Essay / Erstveröffentlichung
120 Seiten 34,00 DM ISBN 3-928254-79-0

***

Christoph Klimke, Wir sind alle in Gefahr. Pasolini. Ein Prozeß
170 Seiten 34,00 DM ISBN 3-933314-27-5

***

Norbert Koch, Tonne und Tönnchen
Roman / Erstveröffentlichung
202 Seiten 32,00 DM ISBN 3-928254-14-6

***

Maria Kolenda, Der zweite Sommer
Roman / Deutsche Erstveröffentlichung
120 Seiten 34,00 DM ISBN 3-933314-14-3

***

Angelika Kopečný, Unter dem Eis
Roman
190 Seiten 34,00 DM ISBN 3-933314-11-9

***

Friedrich-Wilhelm Krahe, Geschichte-Gedichte
Erstveröffentlichung
160 Seiten 34,00 DM ISBN 3-928254-67-7

***

Walter Laufenberg, Hitlers Double
Tatsachenroman / Erstveröffentlichung
420 Seiten 42,00 DM ISBN 3-928254-70-7

***

Walter Laufenberg, So schön war die Insel
Tatsachenroman / Erstveröffentlichung
320 Seiten 42,00 DM ISBN 3-928254-01-4

***

Walter Laufenberg, Sylvesterfeuerwerk
Tatsachenroman / Erstveröffentlichung
480 Seiten 49,80 DM ISBN 3-928254-73-1

***

Ewa Lipska, Auf den Dächern der Mausoleen
Gedichte / Deutsche Erstveröffentlichung
80 Seiten 16,80 DM ISBN 3-926409-18-5

***

Ossip Mandelstam, Briefe an Nadeshda
zweisprachige Ausgabe / Deutsche Erstveröffentlichung
244 Seiten 39,80 DM ISBN 3-926409-56-8

***

Ossip Mandelstam, Wie ein Lied aus Palästina
Gedichte (zweisprachig), Briefe, Dokumente
236 Seiten 39,80 DM ISBN 3-926409-53-3

***

Sándor Márai, Bekenntnisse eines Bürgers
Roman / Deutsche Erstveröffentlichung
Zweite, unveränderte Auflage in zwei Bänden
Band 1: 214 Seiten 38,00 DM ISBN 3-933314-23-2
Band 2: 236 Seiten 38,00 DM ISBN 3-933314-24-0

***

Sándor Márai, Land, Land
Erinnerungen / Deutsche Erstveröffentlichung
Textkritische Ausgabe in zwei Bänden
Band 1: 220 Seiten 38,00 DM ISBN 3-933314-15-1
Band 2: 164 Seiten 38,00 DM ISBN 3-933314-16-X

***

Sándor Márai, Tagebücher 1
Auszüge / Fotos / Briefe / Dokumentationen
Deutsche Erstveröffentlichung
116 Seiten 34,00 DM ISBN 3-928254-94-4

***

Sándor Márai, Tagebücher 2
1984-1989
Deutsche Erstveröffentlichung
160 Seiten 38,00 DM ISBN 3-933314-18-6

***

Albert Michael Maurer, Rauhe Gedichte
Gedichte / Erstveröffentlichung
100 Seiten 29,80 DM ISBN 3-933314-08-9
mit CD: 36,00 DM ISBN 3-933314-10-0

***

Christoph Meckel, Berliner Doodles
Zeichnungen und Texte / Erstveröffentlichung
48 Seiten 48,00 DM ISBN 3-926409-04-5

***

Iwona Mickiewicz, Bevor wir mit Liebe und Schwefel spucken
Gedichte / Deutsche Erstveröffentlichung
140 Seiten 28,00 DM ISBN 3-933314-09-7

***

Iwona Mickiewicz, Puppenmuseum
Gedichte / zweisprachig polnisch-deutsch
Deutsche Erstveröffentlichung
40 Seiten 26,00 DM ISBN 3-926409-95-9

***

Moderne russische Poesie seit 1966
zweisprachige Ausgabe / Deutsche Erstveröffentlichung
408 Seiten 58,00 DM ISBN 3-926409-65-7

***

Karl Oppermann, Musikalisches Skizzenbuch
Collagen und Texte
52 Seiten 48,00 DM ISBN 3-928254-12-X

***

Gerhard Ortinau, Ein leichter Tod
(Brief des SS-Hauptsturmführers Dr. Weber an den Obersturmbannführer
Dr. Brandt vom persönlichen Stab des Reichsführers-SS)
Erzählungen / Erstveröffentlichung
60 Seiten 28,00 DM ISBN 3-928254-53-7

***

Pier Paolo Pasolini, Dialoge I. Die schönen Fahnen (1960-1965)
Gespräche / Deutsche Erstveröffentlichung
330 Seiten 48,00 DM ISBN 3-928254-13-8

***

Pier Paolo Pasolini, Dialoge II. Chaos (1967-1970)
Gespräche / Deutsche Erstveröffentlichung
230 Seiten 44,00 DM ISBN 3-928254-49-9

***

Pier Paolo Pasolini, Dialoge III. Der Traum des Centaur (1969-1975)
Interview / Deutsche Erstveröffentlichung
200 Seiten 44,00 DM ISBN 3-928254-17-0

***

Pier Paolo Pasolini, Die Sprache der Wirklichkeit
Materialien zu den Filmen P. P. Pasolinis
mit zahlreichen Fotos
Deutsche Erstveröffentlichung
300 Seiten 100,00 DM ISBN 3-928254-87-1

***

Pier Paolo Pasolini, Essays und Tagebücher
Deutsche Erstveröffentlichung
Übernommene Ausgabe der Grazer Ausstellung 1995 zu Pasolini
(Originalausgabe des Verlages „Marsilio“, Venedig)
180 Seiten 49,80 DM ISBN 3-928254-45-6

***

Pier Paolo Pasolini, Gedichte
zweisprachig / Deutsche Erstveröffentlichung
180 Seiten 38,00 DM ISBN 3-928254-44-8

***

Boris Pasternak, Aus Briefen verschiedener Jahre
Deutsche Erstveröffentlichung
106 Seiten 32,00 DM ISBN 3-928254-19-7

***

Boris Pasternak, Ein großer standhafter Geist / 1. Teil
Briefwechsel mit Maria Judina / Deutsche Erstveröffentlichung
44 Seiten 24,00 DM ISBN 3-928254-04-9

***

Boris Pasternak, Ein großer standhafter Geist / 2. Teil
Briefwechsel mit Maria Judina / Deutsche Erstveröffentlichung
44 Seiten 24,00 DM ISBN 3-928254-05-7

***

Boris Pasternak, Ljuvers Kindheit / Gedichte / Briefe
Erzählung und Gedichte (zweisprachig)
294 Seiten 39,80 DM ISBN 3-926409-28-2

***

Boris Pasternak, Petersburg
Romanfragment / Deutsche Erstveröffentlichung
40 Seiten 12,80 DM ISBN 3-928254-38-3

***

Andrej Platonow, Das Volk Dshan / Die Baugrube / Der Takyr
Zwei Romane und eine Erzählung / Deutsche Erstveröffentlichung
440 Seiten 58,00 DM ISBN 3-926409-79-7

***

Andrej Platonow, Die Tragödie der 14 Roten Hütten
Deutsche Erstveröffentlichung / Herausgegeben von Lola Debüser
302 Seiten 48,00 DM ISBN 3-926409-94-0

***

Utz Rachowski, Die Stimmen des Sommers
Erzählungen
80 Seiten 28,00 DM ISBN 3-926409-70-3

***

Miklós Radnóti, Monat der Zwillinge
Erzählungen / Gedichte / Deutsche Erstveröffentlichung
170 Seiten 38,00 DM ISBN 3-928254-03-0

***

Miklós Radnóti, Offenen Haars fliegt der Frühling
Tagebücher / Gedichte / Fotos / Dokumente
Deutsche Erstveröffentlichung
240 Seiten 44,00 DM ISBN 3-928254-20-0

***

Janis Rainis, Der Sonnenthron
Gedichte, Briefe, Fotos / zweisprachig / Deutsche Erstveröffentlichung
210 Seiten 39,80 DM ISBN 3-926409-90-8

***

Irina Ratuschinskaja, Kein Moses ist vor uns
Gedichte / zweisprachig / Deutsche Erstveröffentlichung
56 Seiten 28,00 DM ISBN 3-926409-78-9

***

Axel Reitel, Das Glück in Mäusebach
Erzählungen / Erstveröffentlichung
140 Seiten 26,00 DM ISBN 3-926409-98-3

***

Elsbeth de Roos u.a. (Hrsg.), Im Zwiespalt
Prosa und Lyrik aus 21 Ländern
Deutsche Erstveröffentlichung
492 Seiten 42,00 DM ISBN 3-933314-06-2

***

Helmut Ruck, Götter, Helden und Dichter
Gedichte und Interpretationen
Erstveröffentlichung
580 Seiten 48,00 DM ISBN 3-928254-30-8

***

Jewgenij Samjatin, Wir
Roman / Neuübersetzung von Thomas Reschke
240 Seiten 39,80 DM ISBN 3-926409-92-4

***

Warlam Schalamow, Ankerplatz der Hölle
Gedichte / Erzählungen / Dokumentationen
Deutsche Erstveröffentlichung
220 Seiten 44,00 DM ISBN 3-926409-80-0

***

Boris Schapiro, Nikeische Löwin
Gedichte und Poeme / Deutsche Erstveröffentlichung
160 Seiten 32,00 DM ISBN 3-928254-18-9

***

Klaus E. Schneider, Wir reißen hoch die Riesenapparate
Roman / Erstveröffentlichung
390 Seiten 44,00 DM ISBN 3-928254-61-8

***

Jelena Schwarz, Ein kaltes Feuer brennt an den Knochen entlang
Gedichte / Deutsche Erstveröffentlichung
144 Seiten 38,00 DM ISBN 3-928254-68-5

***

Lutz Seiler, berührt / geführt
Gedichte / Erstveröffentlichung
83 Seiten 28,00 DM ISBN 3-928254-37-5

***

Sembène Ousmane, Der Voltaer / Niiwam
Erzählungen / Deutsche Erstveröffentlichung
280 Seiten 36,00 DM ISBN 3-926409-85-1

***

Sembène Ousmane, Die Postanweisung
Roman / Deutsche Erstveröffentlichung
102 Seiten 28,00 DM ISBN 3-926409-11-8

***

Sembène Ousmane, Meines Volkes schöne Heimat
Roman
300 Seiten 44,00 DM ISBN 3-928254-80-4

***

Sembène Ousmane, Weiße Genesis
Roman / Deutsche Erstveröffentlichung
122 Seiten 28,00 DM ISBN 3-926409-17-7

***

Elisa Springer, Das Schweigen der Lebenden
Erzählung / Deutsche Erstveröffentlichung
120 Seiten 34,00 DM ISBN 3-928254-47-2

***

Arsenij Tarkowskij, Wir stehn am Meeresrand schon lange Zeit
Gedichte, Kurzprosa, Briefe, Dokumente
Deutsche Erstveröffentlichung
480 Seiten 58,00 DM ISBN 3-926409-73-8

***

Magdalena Tulli, Träume und Steine
Prosa / Deutsche Erstveröffentlichung
114 Seiten 29,80 DM ISBN 3-928254-81-2

***

Aale Tynni, Meine schöne Schwester
Gedichte, Fotos, Dokumente / zweisprachig finnisch-deutsch
Deutsche Erstveröffentlichung
218 Seiten 44,00 DM ISBN 3-926409-63-0

***

Günter Ullmann, Lichtzeichen
Gedichte / Nachdichtungen / Erstveröffentlichung
102 Seiten 28,00 DM ISBN 3-928254-50-2

***

Jan Werich, Fimfarum
Märchen / Deutsche Erstveröffentlichung
mit Illustrationen
220 Seiten 44,00 DM ISBN 3-928254-92-8

***

Hermann Heinz Wille, Der grüne Rebell
Roman / neubearbeitete Auflage
400 Seiten 42,00 DM ISBN 3-928254-58-8

***

Witold Wirpsza, Orangen im Stacheldraht
Erzählung
140 Seiten 18,00 DM ISBN 3-926409-03-7

***

Bettina Wöhrmann, Grenzland
Gedichte, Prosa / Erstveröffentlichung
80 Seiten 26,00 DM ISBN 3-928254-84-7

***

Bettina Wöhrmann, Doppelgesicht
Gedichte / Erstveröffentlichung
60 Seiten 26,00 DM ISBN 3-928254-57-X

***

Marina Zwetajewa, An Anna Achmatowa (Gedichte) und
Briefe an Iwask, Chodassewitsch, Woloschin, Gul, Fedotov
Gedichte zweisprachig / Deutsche Erstveröffentlichung
242 Seiten 48,00 DM ISBN 3-926409-68-1

***

Marina Zwetajewa, Auf Rotem Roß (Poem) und Briefe an Rosanow,
Lann, Rodsewitsch, Gronskij, Steiger, Berija
Poem zweisprachig / Deutsche Erstveröffentlichung
190 Seiten 44,00 DM ISBN 3-928254-26-X

***

Marina Zwetajewa, Briefe an Anna Teskova und R. N. Lomonossowa
Deutsche Erstveröffentlichung
360 Seiten 58,00 DM ISBN 3-926409-72-X

***

Marina Zwetajewa, Briefe an Ariadna Berg
Deutsche Erstveröffentlichung
200 Seiten 44,00 DM ISBN 3-928254-25-1

***

Marina Zwetajewa, Briefe an Bachrach und Ausgewählte Gedichte
zweisprachige Ausgabe / Deutsche Erstveröffentlichung
302 Seiten 39,80 DM ISBN 3-926409-54-1

***

Marina Zwetajewa, Briefe an die Tochter
Deutsche Erstveröffentlichung
160 Seiten 38,00 DM ISBN 3-928254-69-3

***

Marina Zwetajewa, Briefe an Steiger
Deutsche Erstveröffentlichung
200 Seiten 44,00 DM ISBN 3-928254-51-0

***

Marina Zwetajewa, Briefe an Vera Bunina und D. A. Schachowskoy
Deutsche Erstveröffentlichung
162 Seiten 39,80 DM ISBN 3-926409-71-1

***

Marina Zwetajewa, Theaterstücke
Herzbube / Der Schneesturm / Der steinerne Engel
Deutsche Erstveröffentlichung
136 Seiten 38,00 DM ISBN 3-928254-66-9

***

Rajzel Żychlinski, Gottes blinde Augen
Gedichte / zweisprachig jiddisch-deutsch
Deutsche Erstveröffentlichung
240 Seiten 44,00 DM ISBN 3-928254-27-8

Oberbaum Sachbuch – Lieferbare Titel

Anna Achmatowa: Leben und Werk (Video)
55 Min. 44,00 DM ISBN 3-928254-00-6

***

Detlef Bieseke, Gefangener auf vier Kontinenten
300 Seiten 48,00 DM ISBN 3-928254-07-3

***

Rolf Born, Heimann Joseph Ephraim
240 Seiten 38,00 DM ISBN 3-926409-66-5

***

Giuseppe Camerino, Italo Svevo – Eine Biographie
mit 30 s/w-Abbildungen
Deutsche Erstveröffentlichung
510 Seiten 58,00 DM ISBN 3-928254-64-2

***

Giuseppe Camerino, Italo Svevo und die Krise Mitteleuropas
Essay / Deutsche Erstveröffentlichung
180 Seiten 36,00 DM ISBN 3-928254-41-3

***

Fritz/Lutz, Kochen wie in Afrika
120 Seiten 22,80 DM ISBN 3-926409-55-X

***

Birgid Gysi, Dario Fo – Theater Politik Kultur
Dissertation / mit Fotos und Faksimiles
250 Seiten 44,00 DM ISBN 3-928254-95-2

***

Hitler im Fadenkreuz
Britische Geheimberichte zu geplanten Attentaten auf Hitler
200 Seiten 39.80 DM ISBN 3-928254-85-5

***

Manfred Krabiell, Ritterkreuzträger
Soldatenschicksale im Zweiten Weltkrieg
280 Seiten 48,00 DM ISBN 3-933314-12-7

***

Gerhard Kroll, Modelle für das Management
Handbuch / 3 Bände
2520 Seiten / 298,00 DM
ISBN 3-933314-00-3 (Gesamtausgabe)
ISBN 3-933314-01-1 (1. Bd.)
ISBN 3-933314-02-X (2. Bd.)
ISBN 3-933314-03-8 (3. Bd.)

***

Randolf Kugler, Das Landungswesen in Deutschland seit 1900
743 Seiten 148,00 DM ISBN 3-926409-52-5

***

Günther Reiche, Richard Hartmann – Das Lokomotivenbuch
mit 330 s/w- und 4 farbigen Abbildungen
240 Seiten 128,00 DM ISBN 3-928254-56-1

***

Heinrich Riedl, Handbuch für Kraftfahrer und Fahrschüler
mit zahlreichen Abbildungen
400 Seiten 48,00 DM ISBN 3-928254-21-9

***

Peter Schenk, Landung in England
432 Seiten 98,00 DM ISBN 3-926409-44-4

***

Hartmut Schustereit, Deutsche Militärverwaltung im Umbruch
mit zahlreichen Graphiken
460 Seiten 58,00 DM ISBN 3-928254-96-0

***

Helmut Wolf, Abiturient bei Hitler
352 Seiten 48,00 DM ISBN 3-928254-71-5

***

Änderung der Ladenpreise vorbehalten.
Stand: März 2000

Auslieferungen

Deutschland: CVK
– Cornelsen Verlagskontor –
Kammerratsheide 66
D-33609 Bielefeld
Tel.: 0521/9719-0 (Zentrale)
Tel.: 0521/9719-177 (Frau Regina Paß)
Fax: 0521/9719-187

* * *

Österreich: Hora Verlag GmbH
Hackhofergasse 8
A-1195 Wien. Nussdorf

* * *

Schweiz: Pegasus Verlagsauslieferung
Dorfstraße 17
CH-6030 Ebikon